Ravensburger Taschenbücher
Band 913

Lieber Karsten Rölling,

beim Vorlesewettbewerb am 9.12.86, an dem 120 Sechstkläßler der Bertha-von-Suttner-Schule teil=nahmen, wurdest Du 3. Sieger der A-Kurs-Schülerinnen und Schüler.
Herzlichen Glückwunsch zu Deinem Erfolg.
Als Anerkennung Deiner hervor=ragenden Leistung erhältst Du dieses Büchlein.

BERTHA-VON-SUTTNER-SCHULE
Konrad-Adenauer-Allee
6369 Nidderau
Würdorf

Felice Holman

Vorhölle

Jugendroman

Aus dem Amerikanischen
von Hans-Georg Noack

Otto Maier Verlag
Ravensburg

Als Ravensburger Taschenbuch erschienen 1984
Die Originalausgabe erschien 1974
unter dem Titel »Slake's Limbo«
bei Charles Scribner's Sons, New York

Die deutsche Erstausgabe erschien 1975
unter dem Titel »Vorhölle«
im Schaffstein Verlag, Dortmund

Aus dem Amerikanischen von Hans-Georg Noack

Umschlagkonzeption und -gestaltung: Schindler/Kümin, Zürich

Gesamtherstellung: Ebner Ulm
Printed in Germany

5 4 3 2 1 88 87 86 85 84

ISBN 3-473-38913-7

Als Aremis Slake dreizehn war,
nahm er seine Furcht und all sein Elend
und vergrub sie tief unter der Erde.
Aber er selbst mußte mit.

1

Als es dann endlich geschah, war alles so vollkommen logisch, daß man es eigentlich nicht als überraschend empfinden konnte. Tatsächlich war Aremis Slake ja auch schon früher in die Untergrundbahn geflohen, wenn über der Erde alles zu schwierig für ihn wurde. Eigens für diesen Notfall trug er stets eine U-Bahn-Karte in der Tasche, und dank einer Verkettung unglückseliger Umstände traten solche Notfälle auch immer wieder ein.

Zunächst einmal: Slake war klein. Jeder konnte ihn aus dem beliebigsten Grund oder auch ohne alle Gründe verprügeln, und jedermann tat es auch, wenn er ihn nur erwischen konnte. Aber er war auch flink und listig, und so konnte er oft davonlaufen, Haken schlagen, Richtungen ändern, wieder Haken schlagen und schließlich ungesehen in der Untergrundbahn verschwinden, sich – wenn möglich – in eine Nische des U-Bahnhofs drücken, damit er das Fahrgeld sparte, oder – wenn nötig – kreuz und quer fahren, bis sich alles wieder beruhigt hatte und die Welt dort oben für ihn wieder bewohnbar geworden war. Aber das ist nur der Anfang.

Slake war für jede Gang nutzlos. Das begriff er schon früh in seinem Leben. Seine schlechten Augen machten ihn zu einem ungeschickten Dieb, und eine heftige Reaktion auf Rauch und Drogen ließen ihn auch in anderer Hinsicht zu einem Risiko werden. Bei ein, zwei Gelegenheiten, als man ihn dazu überredet hatte, Pillen zu nehmen, war er im Krankenhaus gelandet. So wurde er zum Paria. Falls man ihn nicht völlig übersah, wurde er nur so zum Vergnügen gehetzt und gejagt.

Außerdem träumte Slake und ging wie ein Träumer einher. Obgleich er für gewöhnlich hungrig war, träumte er selten von eßbaren Dingen. Manchmal träumte er, daß er »stärker als« oder »größer als« wäre, daß er ein Sieger wäre oder zurückschlagen könne. Aber häufiger träumte er von »anderswo« – von irgendwo anders. Aber wo? Und die Träumerei ließ ihn gegen Laternenpfähle laufen, bis zu den Knöcheln in Pfützen geraten, bis zu den

Ellbogen in Verschüttetes, ließ ihn die Schultreppen hinunterfallen, während Lehrer schalten und Klassenkameraden höhnten und ihn wieder niederstießen, sobald er auf die Füße kam.
Das alles wurde noch verschlimmert durch Slakes Brille . . . oder vielmehr dadurch, daß ihm die Brille fehlte. Sie zerbrach so oft, daß er sie schließlich ganz aufgab. Danach wurde die mehr als vier Meter entfernte Welt für ihn zu einem Nebel, durch den Menschen kamen und gingen, Fahrzeuge auftauchten und verschwanden, Löcher unter seinen Füßen aufbrachen, Treppen gefährlich abwärts führten, Laternenpfähle lauerten und zuschlugen. Slake trug seine Schrammen und Beulen davon.
Aber das alles gehört der Vergangenheit an. Für den Zweck dieser Niederschrift von Ereignissen ist es am einfachsten, am praktischsten und auch vollkommen ausreichend, wenn wir einfach glauben, daß Slake, als Waise geboren, im Alter von dreizehn Jahren klein, kurzsichtig, verträumt, zerschunden, ein Fremder in seiner Geburtsstadt (und in der Welt) war, ein Bursche von einem schwankenden, brüchigen Selbstvertrauen mit einer U-Bahn-Karte als Talisman in der Tasche. Ansonsten unterschied er sich nicht sehr von anderen Kindern, die mit Hausschlüsseln um den Hals aufwachsen und sich in unratübersäten Straßen selbst erziehen.
Wenn sich Slake nach der Schule die düstere Treppe hinaufmühte in die Wohnung, in der er lebte – wenn er diese Wohnung roch und hörte –, dann spürte er, daß ihm nur widerfuhr, was er verdiente, denn nach der übereinstimmenden Aussage seiner Lehrer, seiner Mitschüler und der Menschen, die den Raum bewohnten, in dem er schlief (und manchmal aß), war er ein nutzloses Häufchen Unglück. Als nutzlos wurde er morgens von einer Art Tante wachgerüttelt. Nutzlos stand er vor dem surrenden Kühlschrank und kaute an dem, was ihm gerade in die Hände fiel. Er goß kalten Kaffee in seinen unnützen Magen, schleppte seinen nutzlosen Leib zur Schule, ging auf der Treppe und in Toreinfahrten unterwegs an anderen nutzlosen Menschenklumpen vorüber, die sich irgendwo einen Ruheplatz gesucht hatten. Später erinnerte ihn sein kalter und leerer Magen an das, was seine kurzsichtigen Augen an der Klassenuhr kaum erkennen konnten: an die Essenszeit. Wenn die Glocke die Wahrheit dessen bestätig-

te, was der Magen anzeigte, fischte Slake irgendwelche Brocken aus der Tasche, die nichts miteinander oder mit einer ordentlichen Mahlzeit zu tun hatten, und nannte das sein Mittagessen.
Aber manchmal, wenn er sich verspätet hatte und noch nicht einmal dazu gekommen war, einen Schluck Kaffee zu trinken, kam Slake erst mit oder nach dem Glockenzeichen. Dann ließ er sich auf seinen Platz fallen und hörte das Schelten des Lehrers durch das Klopfen des Blutes in seinen Ohren. Und einmal (aber das war eben Slakes seltsames Glück!) kam er unter solchen Umständen an einem Morgen zur Schule, an dem er an der Reihe war, beim Morgenappell die Fahne zu halten.
Die Klasse . . . »Achtung! Aremis!«
Keuchend, hustend, mit kaltem Magen, kalten Händen und Füßen stand Slake vor der Klasse und hielt die Fahne. Die Muskeln hinter seinen Knien zuckten.
»Ich verspreche Treue . . .« Es klang mehr oder weniger einstimmig, von Slake abgesehen. Der Lehrer hob eine Hand, die vor Ärger zitterte.
»Nur weil du die Fahne hältst, Slake, bist du lange noch nicht vom Mitsprechen befreit. Fangt noch einmal an!«
»Ich verspreche Treue . . . Die Vereinigten Staaten . . . die Republik, für die . . .« Und Slakes Knie gaben nach, während die Fahne seinen Fingern entglitt, und er fiel noch schneller zu Boden als das Fahnentuch.
In dem Raum, den er sein Zuhause nannte, hoch über den Überbodengleisen der Untergrundbahn, schlief Slake auf einer Decke in der Küche, und dort hatte er einen Traum, der so häufig wiederkehrte und ihm so sehr vertraut war, daß er Bestandteil seines Schlafs und seines Wachens wurde. Unmittelbar vor dem Aufwachen, so schien es, träumte Slake, ein Vogel wäre an das rußgeschwärzte Fenster gekommen, das gerade so weit offenstand, daß Slake nicht erstickte . . . daß er auf das Fensterbrett geflogen wäre und dort ganz dicht an der inneren Kante hockte, daß er ständig in Gefahr war, in die Küche zu fallen oder zu fliegen. In seiner Angst, dieses freie kleine Geschöpf der Lüfte könnte in diesen feindseligen Raum fallen, öffnete Slake den Mund zu einem Schrei. Und dann beugte sich der Vogel ein wenig

vor und landete genau in Slakes Mund. Und dann verschluckte ihn Slake.

Keuchend wachte Slake daraufhin auf. Das erste Gefühl, daß der Vogel ihn erstickte, wich dem hellwachen Gefühl, daß der Vogel an seinen Rippen pickte. Und oft, wenn Slake erwachte, konnte er den Vogel schreien hören.

Gab es denn in dieser ganzen feindseligen Welt keinen Menschen für Slake? Doch, eine Zeitlang gab es jemand: Joseph. Denn durch irgendeine Verwirrung in seinem Kopf trug Joseph ein beständiges Lächeln auf den Lippen und einen unabänderlichen leeren Blick in den Augen. Joseph las nicht, er sprach auch nicht viel, doch um ihn war oft eine ganz besondere Ruhe, und deshalb erwählte ihn Slake. Stumm standen sie miteinander an einer Ecke, und hin und wieder gab Joseph Slake einen Klaps auf den Rücken.

Oft gingen Joseph und Slake lange die Straßen in ihrer Nachbarschaft auf und ab, vorüber an Häusern mit vernagelten Türen und Fenstern, an verwilderten Bauplätzen voller Abfallhaufen, an schmutzigen Mauern, an die Kinder mit Kreide Namen und Obszönitäten geschmiert hatten. Sie gingen durch Menschenmengen hindurch und sahen sie nicht. Bei gutem Wetter lehnten sich Menschen und Tiere aus den Fenstern, um das Leben auf der Straße zu beobachten. An heißen Tagen spritzten die Hydranten Wasser auf kreischende Kinder und spülten den Unrat fort. Krankenwagen und Polizeiautos jaulten vorüber. Wäsche hing schlaff an Feuerleitern. Alte Männer durchwühlten Müll.

Auf einem großen Boulevard, der ungefähr zehn Häuserblocks weit von Slakes Straße entfernt lag, standen ein paar alte Reihenhäuser mit kleinen Vorgärten. Vor den Haustüren waren breite Stufen, beinahe Freitreppen. Auf einer davon stand eine Bank, die Slake faszinierte, und er ging oft den ganzen weiten Weg, nur weil er diese Bank betrachten wollte. Sie bestand aus einem Grabstein, der quer auf zwei kleineren Steinen ruhte.

»Was meinst du, Joseph? Haben sie den von einem Grab gestohlen?« Joseph antwortete nicht, doch Slake erwartete auch gar nicht, daß Joseph eine Frage beantwortete. »Oder vielleicht hat der Mann, der in dem Haus wohnt, den Stein schon für sein eigenes Grab machen lassen?«

Dieser Gedanke behagte Slake: der Besitzer, der jetzt in aller Bequemlichkeit an einem warmen Sommernachmittag auf seinem eigenen Grabstein saß und ausruhte – und später dann für immer darunter lag.
Es war schön gewesen, mit Joseph spazierengehen zu können.
Warum, so fragte sich Slake, quälten die anderen Jungen Joseph nicht? Die Antwort konnte wohl eine sein, die Slake nur fühlte, nicht aber wirklich wußte – daß Joseph so etwas wie eine mystische Bedeutung hatte. Er war Frieden mitten in Kämpfen, Zufriedenheit mitten im Elend, Sonne im Regen.
In den Sommerferien wurde Joseph von einem Lastwagen überfahren. Dann hatte Slake keinen Menschen mehr.
Und so kam dann der Tag des Pullovers – und damit das Ende des Anfangs. Slake hatte den Pullover erst einige Tage zuvor auf dem Sitz eines U-Bahn-Wagens gefunden. Er hatte ein blau-graues Diamantenmuster und war noch fast neu. Am selben Tag, an dem er ihn zum erstenmal zur Schule angezogen hatte, waren die anderen Jungen gekommen, hatten ihm den Pullover vom Leib gerissen, hatten seine Arme über seinen Kopf gehoben, hatten ihn herumgedreht, immer schneller und schneller, bis der Pullover seinen klammernden Händen entglitt, die ihn noch halten wollten. Sie hatten ihn durch die Luft geschwenkt, hatten ihn hoch über Slakes Kopf geworfen wie einen Fußball, während Slake hin und her hetzte und versuchte, den Pullover zurückzubekommen.
»Hierher, Alfie!«
»Hopp, Joe! Abgeben!«
»Zeke, hier, ich!«
»Komm, Slake, hier ist er doch! Hier!« Es war ein heuchlerisches Angebot, doch Slake hielt es für echt.
»He, hopp!« Und der Pullover flog über seinen Kopf hinweg.
Und dann kamen sie wie eine geschlossene Masse auf ihn zu – eine einzige Meute – den Pullover an einem Besenstiel hoch über ihren Köpfen. Und dann begann die Jagd, um die Parkuhren herum, an den Obstständen vorbei, durch die Alleen und über die Mülltonnen hinweg – und diese Jagd konnte nicht anders enden wie immer: mit Schrammen und Beulen – oder mit der Flucht in den U-Bahn-Schacht.

Sie führte in die Untergrundbahn, und Slakes Träume vom Stärker-als, Größer-als oder doch wenigstens vom Stark-genug, Groß-genug entglitten seinen Händen wie der schöne Pullover aus achtzigprozentiger Wolle. Unablässig verfolgt, noch in seine letzte Zuflucht hinein, löste er eine Fahrkarte, sprang in einen Zug und fuhr einfach davon.

Die U-Bahn ratterte und schwankte stadtwärts, und mit dem Instinkt, der auch andere Fluchttiere auszeichnet, floh Slake an der Haltestelle 77. Straße und Lexington Avenue aus dem Zug. Das war an sich schon eine ungewöhnliche Handlungsweise. Für gewöhnlich stieg Slake nur an Umsteigebahnhöfen aus. Jetzt konnte er nicht nach Hause, ohne eine weitere Fahrkarte zu lösen, und dafür hatte er keine Münze mehr.

In einer Umgebung, die er nie zuvor gesehen hatte, trat er auf die Straße hinaus, ging zwei Häuserblocks weit bis zur vornehmen Breite der 77. Straße und schlenderte dann westwärts. Hier waren funkelnde Läden zu sehen, große saubere Gebäude, sauber beschnittene Hecken am Rande von Bürgersteigen, auf denen kein Unrat lag. Die Tatsache, daß Blechbüchsen, Müll und andere Abfälle fehlten, daß kaum einmal dunkle Winkel und abgetretene Treppen zu den Haustüren zu sehen waren, daß keine Menschen müßig aus den Fenstern lehnten oder auf den Haustürschwellen hockten, interessierte Slake. Als er die Park Avenue kreuzte, blieb er achtungsvoll am Bordstein stehen und sah zu, wie ein Botenjunge mit seinem Fahrrad geschickt durch den Verkehr flitzte, als wäre das Rad ein schnittiges Auto. Er ging weiter die 77. Straße entlang, überquerte die 5. Avenue und betrat endlich die Herbstlandschaft des Central Parks.

Beim Anblick des Parks tauchte in Slake eine Erinnerung wieder auf. Es war die Wiederholung eines alten Traumes, daß in diesem Jahr die Blätter an den Bäumen blieben. Obgleich es in Slakes Leben nur sehr wenige Bäume gab, meldete sich dieser Traum Jahr für Jahr wieder bei ihm. Jetzt fing er an zu laufen, kurvte und kreiste über Parkwege, wirbelte ein buntes Kaleidoskop abgefallener Blätter auf, während sich über ihm einige Blätter noch beharrlich an ihre Zweige klammerten. Slakes rannte zwanzig Häuserblocks weit südwärts tief in den Park hinein. Er war weit von daheim . . . weit von daheim, doch sein gebrechlicher Glaube hatte noch einmal der Hoffnung Raum gegeben . . . einer letzten Hoffnung. Ohne U-Bahn-Geld und ohne Pullover setzte Slake seine ganze Zuversicht auf die Natur.

»Das ist das richtige Jahr!« sagte Slake vor sich hin, während er weiterlief. »In diesem Jahr werden die Blätter wirklich an den Bäumen bleiben.« Und die Begeisterung seiner Hoffnung in dieser neuen Umgebung und die augenblickliche Stärke und Gewißheit seiner Überzeugung ließen Slake ganz schwindlig werden. Er schaute sich schnell um und sah nur eine alte Dame, die auf einer Parkbank vor sich hin dämmerte. Ihr Mund stand offen; ihr Haar sah aus wie geborgt. Slake raffte ein Bündel welker Grashalme vom Boden, sprang in die unteren Äste einer großen Esche, blinzelte gegen das Sonnenlicht und ging daran, einige der verbliebenen Blätter fest an die Zweige zu binden.

Das war der stärkste und größte Augenblick in Slakes bisherigem Leben. Aber er währte nur einen Augenblick. Schreie brachen in seine ehrgeizigen Träume ein, als ein Parkwächter auftauchte, auf Slake zugerannt kam, schrie und eine Harke schwenkte.

»Mach sofort, daß du da runterkommst, du Strolch!«

Slake blinzelte.

»Runter, hab' ich gesagt!« Der Wächter schlug mit dem Harkenstiel gegen den Baumstamm, doch Slake hatte sich aus seiner Reichweite zurückgezogen. »Dann muß eben die Polizei ran!« Und der Mann lief zur nahen Telefonzelle. Die alte Dame erwachte und sah dem allen verblüfft zu.

Slake – nun vollends aus seinem Traum gerissen – ließ ihn auf dem Ast zurück, sprang auf den Boden, drehte sich zweimal um sich selbst, lief einige hundert Meter durch den Park, ließ ihn hinter sich, hastete eine Treppe hinunter, beging noch ein weiteres Verbrechen, indem er atemlos und ohne Fahrschein unter dem Drehkreuz der Sperre hindurchhuschte und in den U-Bahn-Schacht unter dem Columbus-Kreisel eintauchte.

Dort unten blieb er einhunderteinundzwanzig Tage.

2

Slake fuhr den ganzen Nachmittag mit der Untergrundbahn kreuz und quer durch die Stadt, zerschnitt die Stadt mit den ratternden Wagen in Stücke, preschte durch Tunnels, grub sich durch Fels. Wie eine durch den Raum geschleuderte Puppe hockte er da, erhob sich von Zeit zu Zeit, stieg an einem Umsteigepunkt aus, bestieg einen anderen Zug, der einer anderen fernen Ecke des städtischen U-Bahn-Netzes zustrebte. Welcher Ecke, darauf kam es Slake nicht an. Er stieg in Brooklyn, Bronx und Queens aus, fuhr ein Stück zurück, ratterte in die obere West Side. Und wieder hin und her, endlich zur Haltestelle 42. Straße an der Linie Lexington Avenue – Central Station.

Was brachte Slake dazu, gerade an dieser bestimmten Stelle aus seinem Fluchtzug zu steigen? Oder wie kam er überhaupt dazu, diesen Zug zu besteigen? Irgend etwas brachte ihn dazu, sich durch die Menschenmenge zu schieben, die sich drängend und stoßend durch ein Drehkreuz auf eine Treppe zubewegte. Slake drängte mit, und das war ein entscheidender Entschluß.

Doch als er gerade die Treppe hinaufstieg, jagte eine Herde von Jungen herunter. Wie ein gehetztes Rudel tauchten sie über ihm auf und schienen schneller johlend, springend, pfeifend herabzustürzen, als das Gesetz der Trägheit und das Gesetz der Schwerkraft es eigentlich zuließen. Die Realität packte Slake bei der Gurgel und setzte seine Beine in Bewegung. Er wandte sich um und jagte davon. Das Geräusch stampfender Schritte vermischte sich mit dem Pochen des Blutes in seinen Ohren. Slake eilte zum Bahnsteig zurück, beging das dritte Verbrechen des Tages – er huschte unter dem Drehkreuz hindurch und hastete die nächste Treppe abwärts.

»Haltet ihn!« rief der Mensch an der Wechselkasse, aber niemand kümmerte sich darum. Doch Slake rannte, als würde er verfolgt, vorbei am Glashäuschen des Stationsvorstehers bis zum Ende des Bahnsteigs; dann wurde ihm klar, daß dort in der Tat das Ende war. Er sprang hinunter, ohne sich umzusehen, und lief in den Tunnel hinein.

Er war erst zwanzig Meter gelaufen, als er aus seinem Alptraum aufschreckte und begriff, wo er war und was er tat. Seine Füße traten auf Schwellen, die Hände tasteten an rußigen Wänden entlang, das Entsetzen saß ihm im Nacken, vor ihm lag Finsternis. Slake erstarrte, sein Rücken preßte sich ganz ohne sein Zutun an die Wand, fort von den Schienen, fort von allen womöglich ankommenden Zügen.

Ankommende Züge!

Slake suchte verzweifelt nach einer Einrichtung, von der er wußte, daß es sie gab, denn er hatte sie oft genug aus dem Fenster eines fahrenden Zuges gesehen: kleine Unterstände aus Aluminium, in denen Gleisarbeiter stehen konnten, während die Züge vorüberdröhnten. Er trat behutsam auf die Holzschwellen zwischen den Gleisen, tastete sich vorwärts. Seine Hände suchten nach einem dieser Aluminiumunterstände, doch ehe sie noch einen fanden, ertasteten sie etwas anderes: eine Vertiefung – ein Loch – eine unregelmäßige Öffnung in der Schachtwand.

Slake bückte sich, und im spärlichen Licht, das von einer der nahen Tunnellampen bis zu ihm drang, konnte Slake erkennen, daß auf der anderen Seite des Lochs etwas lag, das wie eine Wand aussah. Mit zitternden, angstlahmen Gliedern trat Slake durch die Öffnung, steckte erst ein Bein hindurch, tastete damit nach festem Boden und fand ihn, zog dann den Rest seines Körpers nach. Ganz behutsam richtete er sich auf, weil er nicht wußte, wie hoch dieses Kaninchenloch war. Er stieß an nichts, und seine Füße standen nicht auf Gleisunterbau, sondern auf ebenem Stein, auf dem ein paar lose Steine und Holzstücke lagen.

Slake bewegte sich langsam – ein Blinder, der allmählich zu sehen begann – und stellte fest, daß er sich in einer kleinen Höhle befand, deren einziger Zugang jenes Loch vom Tunnel her war, durch das er soeben gestiegen war. Unbewohnt und unbenutzt, konnte man diese Höhle, da ein besserer Ausdruck dafür nicht zu finden war, als »Raum« in der Untergrundbahn bezeichnen. Slake setzte sich und lehnte den Rücken an die dem Loch gegenüberliegende Wand. Und damit – wenn sich das auch erst etwas später endgültig herausstellte – zog Slake in diesen Raum ein.

Die hervorragende Eignung von Slakes Versteck – seinem neuen Heim – war das Ergebnis 1. falscher Einschätzung, 2. eines heißen Sommertages, 3. der üblen Folgen des Alkohols sowie anderer zufälliger Umstände, die Slake nicht kannte und niemals kennenlernen sollte. Gleichwohl mag hier erzählt werden, daß Slakes Raum längst nichts mehr mit der U-Bahn zu tun hatte. Vielmehr hatte er mit dem Hotel Commodore zu tun, an dessen Kellerwand Slake jetzt lehnte.

Als das Hotel Commodore gebaut wurde, war alles schon so ähnlich wie noch heute; aber dann ging etwas schief. Es ging etwas an einem schönen Tage schief, der Jahre um Jahre vor Slakes Geburt lag. An diesem sehr heißen Tag im zweiten Jahrzehnt unseres Jahrhunderts schliefen zwei Arbeiter namens Coggings und Murone in den Tiefen der Kellerausschachtungen des Hotels. Nachdem sie sich notdürftig von den Folgen eines alkoholreichen Frühstücks erholt hatten, verloren sie die Übersicht, berechneten eine Dynamitladung falsch und setzten sie obendrein noch in einem falschen Winkel an. Das vergrößerte die Kellerausschachtungen des Hotels Commodore auf eine gar nicht geplante Länge, und die Sprengung durchbrach außerdem noch eine Felswand, die eigentlich Hotel und U-Bahn-Schacht voneinander trennen sollte. Dadurch wurde eine der kleinen Höhlen freigelegt und erweitert, die man während des Tunnelbaus angelegt hatte, um darin vorübergehend Werkzeug und Material unterzubringen. Und während die U-Bahn-Bauarbeiten vorangingen, wurden diese Höhlen von den vorrückenden Tunnelwänden verdeckt.

Nachdem sie in diese Höhle durchgebrochen waren, hatte der Vorarbeiter Coggings und Murone geradezu gedemütigt und ihnen dann aufgetragen, die Mauer so zu flicken, daß möglichst wenig Stützkraft verlorenging. Sie errichteten eine Metallkonstruktion und füllten das durch die falsche Sprengung entstandene Loch mit Beton. Nachdem alles wieder sicher war, schlossen sie das Loch zum Kellergeschoß des Hotels Commodore hin und ließen einen kleinen Raum ohne Tür und Fenster zurück.

Im Laufe der folgenden Jahre unterlag die Betonwand des U-Bahn-

Tunnels den nagenden und zerstörenden Einflüssen der Zeit, der Temperatur, der ständigen Erschütterungen. Haarrisse entstanden und breiteten sich aus, ein wenig Beton löste sich und fiel herunter, und endlich entstand so jenes Loch in der Wand, durch das Slake in seinen Raum Einzug gehalten hatte, den die Herren Coggins und Murone, Bauarbeiter beim Hotel Commodore, vor über einem halben Jahrhundert für ihn vorbereitet hatten.
Das alles führt zu der unwiderlegbaren Wahrheit, daß Aremis Slake – der wertlose Haufen Mensch, der Optimist hinsichtlich der Unsterblichkeit von Blättern, der Gejagte, der Schwarzfahrer – es sich jetzt in einem Raum bequem machte, der nicht unter die Zuständigkeit der Untergrundbahn-Verwaltung fiel, sondern tatsächlich Bestandteil des Hotels Commodore war.
Es ist schwer zu sagen, welche Wandlung diese Tatsache in Slake hätte bewirken können, wenn sie ihm bewußt gewesen wäre. Doch da es sich hier nur um eine von vielen freudigen Tatsachen handelte, die ihn beeinflußten oder auch nicht beeinflußten, kann man mit einiger Sicherheit sagen, daß es hier lediglich auf das praktische Ergebnis – die Existenz dieses Raumes und Slakes Aufenthalt darin – wirklich ankam.

Auf einem anderen Gleis

Während Slake sich erst ausruhte, dann schlief, hielten viele Züge auf der Station, fuhren weiter und kamen an Slakes Höhle vorbei. Einer dieser Züge wurde von einem Lokomotivführer namens Willis Joe Whinny gefahren.

Willis Joe hatte eigentlich niemals Lokführer werden wollen. Als er noch sehr jung war, hatte er davon geträumt, einmal in Australien eine Schaffarm zu betreiben. Es war ein sehr starker Wunsch, und er war an einem regnerischen Samstagnachmittag entstanden, und zwar so: Am liebsten lief Willis Joe an den Samstagnachmittagen nach Randall's Island hinunter, unter der Triborough-Brücke hindurch, und drehte dann seine Runden um die Aschenbahn. Willis Joe lief sehr gern, denn der Lauf vertrieb alle Gedanken aus seinem Kopf, bis nur noch der eine Schritt zählte, um den man schneller sein konnte als alle anderen Läufer. An regnerischen Samstagen jedoch ging er mit den Jungen, die zu seiner Clique gehörten, ins Kino.

Würde man ihn heute fragen, wovon der Film an jenem bestimmten regnerischen Samstagnachmittag in Loew Astoria gehandelt habe, so wüßte er es nicht zu sagen – aber über den Vorfilm, der ihn zu seinem großen Wunsch brachte, wußte er noch alles. Es war ein Kurzfilm über Schafzucht in Australien – und die Schaffarm umfaßte Hunderte und Tausende von Morgen Land bis an den fernen Horizont.

Bis dahin hatte Willis Joe keine Vorstellung davon gehabt, was einmal aus ihm werden sollte. Aber die Männer, die in dem Film die Schafe hüteten, waren stark – man mußte nur einmal sehen, wie sie die schweren Schafe beim Scheren nur so durch die Luft warfen. Die Männer saßen auf großen Pferden, und als Helfer für das Schafehüten hatten sie wunderbare, treue Hunde. Das alles gefiel Willis Joe sehr gut, der noch nie auf einem Pferd gesessen hatte, dessen Horizonte von Häusern verstellt waren, dessen Hausbesitzer nicht duldete, daß er einen Hund hielt. Und ihm

gefiel auch der Gedanke, für alle diese Schafe verantwortlich zu sein.
Ein Zug fährt vorüber. Er wird von einem Lokführer gefahren, der davon träumt, eine Schafherde in Australien zu hüten. Gut. Aber was kann das alles mit Aremis Slake zu tun haben?

3

Slake saß, den Rücken gegen die Wand gelehnt, sein Herz eine rasende Maschine, sein Verstand eine verängstigte Katze, seine Glieder ein schwaches, unzusammenhängendes Gefüge von Knochen und Gelenken. Er ließ den Kopf hängen. Das Kinn ruhte auf der Brust. Er schlief nicht, doch in einem Zustand zeitweilig fast unterbrochenen Daseins saß er lange da und rührte sich nicht.

Züge schafften Menschen hin und her, bremsten, hielten auf der Station, fuhren wieder an, ratterten und klirrten an Slakes Unterstand vorbei. Sie hätten ebensogut fehlen können; bei Slake riefen sie jedenfalls nicht einmal ein Wimpernzucken hervor. Aber zu irgendeinem Zeitpunkt wurden die Züge dann seltener. Stille Augenblicke füllten den Tunnel. Und sie brachten Slake dazu, sich wieder zu rühren. Er hob den Blick und schaute um sich. Licht von den nackten Glühbirnen im Tunnel drang gedämpft und gefiltert bis in seine Höhle. Jetzt, da er sich daran gewöhnt hatte, war es ihm durchaus möglich zu erkennen, wo er sich befand. Er war in einem Raum, der ungefähr anderthalb Meter breit und drei Meter lang war, einem Raum mit einer niedrigen Decke. Die Wände bestanden aus Zement, der von Stahlruten durchzogen war. Der Fußboden bestand aus solidem Felsgestein, auf dem ein paar lose kleine Steine und einige Bretter umherlagen. Das war alles. Nachdem er die Bestandsaufnahme seiner neuen Umgebung so erledigt hatte, lehnte Slake sich wieder an die Wand des Hotels Commodore und atmete ein wenig freier.

Hätte Slake die Gabe gehabt, aufwärts und um Ecken sehen zu können – so eine Art Periskopblick –, dann hätte er den Haupteingang des Hotels Commodore in der 42. Straße gesehen – schon alt, aber immerhin noch recht stattlich. Er hätte Taxis gesehen und Luxuslimousinen, die würdige Menschen vor würdigen Portalen absetzten, Menschen, die dann durch Türen traten und über Teppiche gingen, die so weich waren, daß sie unter den Schritten nachgaben wie Treibsand. Und von alledem war Slake ein Teil!

Daß er es nicht wußte, ist dabei höchstens ein Kommentar über die Unzulänglichkeit des Bewußtseins. Das will sagen, man könnte schlafend in das Meer hinausgespült werden und ertrinken, und die Tatsache, daß man sich dieser Tatsache nicht bewußt würde, bedeutete noch lange nicht, daß dadurch die Tatsache ausgelöscht würde, daß man eben wirklich ertrunken wäre.
So lebte nun Slake unter den Steinen, mehrere Lagen darunter – unter Fußböden, Heizungen, Bleirohren, Zementböden –, und war doch durchaus ein Bestandteil des Hotels Commodore, und seine Höhle war auch dann eine Zuflucht, war ein Angebot der Geborgenheit, war auch dann Slakes einziger Halt in der Welt, wenn man es dort oben im Hotel nicht wußte.
Andererseits muß man auch sehen, daß das Hotel Commodore Dimensionen hatte, von denen es nichts ahnte – eine Geheimkammer, einen Raum, für den es keine Miete einnahm, und jetzt einen Gratisgast, von dem es nicht einmal einen Dank zu hören bekam – den es nicht einmal von der Steuer absetzen konnte.
Und was ließen sich daraus noch für weitere unbekannte Dimensionen ableiten!
Jetzt, nach langen Stunden des Angespanntseins, richtete sich Slake auf einen gewissermaßen wogenden Rhythmus des Schlafens und Wachens ein. Im Tiefschlaf war er ohne Traum, doch wenn er auftauchte ins Halbbewußte, schoben sich Bilder vor seine Augen. Aus der Erinnerung rekonstruierte Slake die Vergangenheit. Wo war alles gewesen? Die jüngere, unerträgliche Gegenwart hatte alles verschwimmen lassen und betäubt. Aber jetzt kehrte seine frühe Kindheit zurück, die so kurz gewesen war, daß er sich ihrer kaum jemals erinnerte. Er sah sich selbst – Aremis – als Ferienkind in irgendeiner ländlichen Umgebung, in die man ihn geschickt hatte, damit er dort die frische Luft atmen konnte, die irgendwelchen anderen Leuten gehörte.
Auf dem riesigen Hof dieses Hauses . . . Wessen Haus war es? Auf dem Hof jedenfalls gab es einen kleinen, vollkommen eingerichteten Modellbauernhof, und in einem Stall war ein kleines, sauberes Schweinchen. Und die Kinder des Hauses schaukelten aus Übermut auf der blitzsauberen Stalltür des blitzsauberen Schweinestalls. Während das Schwein unaufhörlich an seinem

Fressen knabberte, saßen die Kinder auf der Stalltür und ließen sie zuschwingen und sich wieder öffnen. Und wenn die Tür offen war, wandte das Schwein sich um und lief darauf zu, doch ehe es die Tür noch erreichen konnte, ließen die schreienden Kinder das Tor gerade noch rechtzeitig wieder zuschwingen. »In der richtigen Sekunde«, sagten sie. In der richtigen Sekunde . . . bis auf ein einziges Mal. Und an dieses eine Mal erinnerte Slake sich jetzt. Das Tor war aufgeschwungen, und das Schwein war darauf zugelaufen, doch irgendwie waren die Kinder mit ihrem Zeitgefühl in Unordnung geraten. Das Tor blieb zu lange geöffnet. Und schon rannte das Schwein hinaus, und die Kinder lachten erst, doch dann stürzten sie ihm mit gespielten Entsetzensschreien nach, überholten es, rannten vor dem Schwein einher. Und Slake rannte auch, doch er lachte nicht, und wenn ein Geräusch aus seinem Munde gekommen wäre, dann hätte es ganz gewiß nichts vorgetäuscht, nicht Heiterkeit und nicht Entsetzen. Und nun kamen aus dem Haus die Mutter und der Vater und zwei Nonnen in ihren langen Gewändern. Slake war es, als müßte er den anderen beiden Kindern nach um sein Leben laufen, und hinter ihnen war (allzu nahe) das Schwein, und hinter dem Schwein der Vater der Kinder, und hinter ihm die beiden Nonnen in einer schwarzweißen Wolke. Slake rannte und rannte. Nach Hause? Wohin?

In seiner Höhle hatte Slake vorübergehend seine Flucht eingestellt. Er schlief.

4

In den frühen Morgenstunden des folgenden Tages begriff Slake allmählich, daß er nicht von der Polizei gesucht wurde, daß er nicht im Mittelpunkt einer riesigen Verbrecherjagd stand, daß er nicht einmal das beiläufige Interesse der Behörden auf sich gezogen hatte. Das Gefühl der Freiheit und des Gelöstseins, das ihn dann überflutete, war unermeßlich. Das Fasten der letzten vielen Stunden machte ihn ganz benommen; seine verkrampfte Haltung ließ ihn taumeln, als er aufzustehen versuchte; und beides zusammen ergab eine Schwäche, die ihn glauben ließ, die Erkenntnis seiner Freiheit müsse so etwas wie eine Vision sein. Ein mystisches Wesen hatte seine Zelle betreten und ausgerufen: »Slake, du bist frei! Steh auf!« Slake war bereits aufgestanden, und jetzt steckte er den Kopf durch das Loch in der Wand. Feuchte – aber freie – Zugluft umfing ihn. Dunkelheit und Nässe waren die ersten Kennzeichen dieser unterirdischen Atmosphäre, doch auch andere Elemente ließen sich erspüren. Slake stellte etwas fest, das wie Dieselöl roch, etwas anderes mit dem Geruch von Zwiebeln und Erdnüssen. Das Dieselöl interessierte ihn nicht, wohl aber die Erdnüsse. Sehr sogar.

Er streckte den Kopf aus dem Wandloch und überprüfte, wie weit er die Strecke für den Fall überschauen konnte, daß plötzlich ein Zug käme. Er sah und hörte keinen. Den Blick stets auf das große Krokodil gerichtet, in das sich in diesem Dämmerlicht die dritte Schiene verwandelte, zwängte er sich aus seiner Höhle, schlich dann immer dicht an der Wand entlang auf den Tunnelausgang zu. Dann kreuzte er die Schienen und sah, die Augen nur gerade über die Bahnsteigkante erhoben, zum Glaskasten des Stationsvorstehers hinüber. Ein Mann saß darin, und Slake wollte sich auf kein Risiko einlassen. Er duckte sich unter den überhängenden Teil der Bahnsteigkante und schlich die ganze Länge der U-Bahn-Station entlang. Damit erreichte er das andere Ende dieses Bahnhofs. Als er sich aufrichtete, sah er, daß zur mittleren Treppe

hin Leute auf ihren Zug warteten. Sie waren ein gutes Stück von ihm entfernt. Er schlich sich die paar Stufen hinauf, die sonst von Gleisarbeitern benützt wurden, und gab sich Mühe, so auszusehen wie ein Junge, der gerade den Bahnhof erreicht hatte und auf einen Zug wartete. Damit war er sehr erfolgreich. Es war eine der wenigen Gelegenheiten in seinem Leben, bei denen Slake so etwas wie vorübergehendes Selbstvertrauen empfand. »Ich bin ein Schauspieler . . . ein großer Schauspieler!« Aber das war eine Übertreibung, und Slake wußte es genau.
Slake ging jetzt eine Treppe hinauf, und in der Nähe des Drehkreuzes an der Sperre entdeckte er das Aroma, das er für Dieselöl gehalten hatte. Es war keines. Es war ein unglaublich scharfes Desinfektionsmittel, das auf der Herrentoilette benutzt wurde, und der scharfe Geruch fuhr ihm in Hals und Nase. Slake betrachtete den Abort. Das menschliche Wesen, das hier zur Säuberung eingeteilt war, ging gerade davon und ließ einen sauberen Fußboden zurück. Bis zu diesem Augenblick mochte seine Arbeit undankbar gewesen sein, doch Slake war jetzt dankbar. Seine Erfahrungen mit der Schule, mit Wohnungen und Untergrundbahntoiletten waren ausgedehnt genug, daß er wußte, daß er jetzt einen der seltenen Augenblicke annähernder Sauberkeit und damit annähernder Göttlichkeit erlebte. Er nützte die günstige Lage, planschte sich Wasser über Gesicht und Arme, trank Wasser aus den gewölbten Händen und benützte die Toilette.
Während Slake reichlich Wasser verwendete, fiel ihm auf, daß dies einer der wenigen Morgen seines Lebens war, an dem man ihn nicht wachgeschrien oder wachgeschlagen hatte, an dem man ihn nicht aus der bergenden Einsamkeit seines Schlafes in einen übervölkerten und bedrohlichen Tag gestoßen hatte. Hier stand er, kaltes Wasser tropfte von ihm, er zitterte, doch er fühlte sich auf eine seltsam befriedigende Art ungejagt. Er fuhr sich mit den nassen Fingern durch das Haar und trocknete sie so ab, und dann begann er, an seinen leeren Magen zu denken. Er hatte keine Vorstellung, welche Möglichkeiten sich ihm in dieser Hinsicht boten.
Slake trat hinaus in die weite Fläche, die als Verteilerplatte für alle

die Menschen diente, die in verschiedenen Richtungen fahren wollten. Ein Strom von Passagieren, die gerade mit einem der Züge gekommen waren, schwappte an Slake vorüber, und er ließ sich von dieser Bewegung mitreißen. Die Menge schien Slake voranzustoßen, immer auf eine Arkade zu, doch niemand beachtete ihn dabei.
»Sie sehen mich überhaupt nicht«, dachte Slake. »Es ist beinahe so, als wäre ich unsichtbar.«
Doch er konnte sein eigenes Spiegelbild in den schmutzigen Scheiben der noch geschlossenen Läden sehen, und er wußte, daß er nicht unsichtbar war, obgleich er sich das schon oft gewünscht hatte. Tatsächlich überraschte es ihn vor allem, daß sein Spiegelbild ihm zeigte, daß er – abgesehen davon, daß er keine Jacke trug – sich nicht wesentlich von allen anderen Menschen unterschied. Das erinnerte ihn daran, daß er nicht nur hungerte, sondern auch fror. Beide Unannehmlichkeiten waren Slake wohlvertraut; sie konnten ihn nicht ungebührlich aus dem Gleichgewicht bringen. Bis zu einem gewissen Grade nahm er sie genauso hin wie andere Beschwernisse und Unbequemlichkeiten.
Und dann kam Slake an einer Glasscheibe vorüber, hinter der eine Anzahl von Menschen an einer Theke stand oder auf hohen Hockern saß. Sie schienen zu essen und zu trinken, und zwar jeder so schnell, wie es ihm nur irgend gelingen wollte, ungefähr so, wie auch Slake an den meisten Morgen aß, wenn er sich über die Kühlschranktür beugte. Slake blieb stehen, um den Menschen zuzusehen. Er preßte die Stirn gegen das Glas, damit er besser sehen konnte. Kunden klopften ungeduldig mit Münzen und warteten auf Bedienung, und wenn der Kaffee kam, stürzten sie das Getränk hinunter, als brauchten sie nicht zu schlucken. Slake beobachtete das alles durch die Fensterscheibe, als sähe er sich einen Film an. Ein Mann, die lederne Aktentasche zwischen die Füße gestellt, winkte dem Mädchen hinter der Theke, das sich ohne große Begeisterung bewegte, um ihm sein Morgengetränk zu servieren. Langsam ließ sie dampfend schwarzen Kaffee aus der Chromurne laufen und stellte dann die Tasse vor den Mann. Er warf eine Münze hin und nippte an dem Kaffee. Er runzelte die Stirn, nippte dann noch einmal. Der Kaffee war ihm zu heiß. Hatte

er eine empfindlichere Kehle als die anderen? Er schaute auf seine Uhr, packte seine Aktentasche und ging. Ärger stand in den dunklen Linien, die seine Augen umgaben, und auf seiner Stirn. Die Tasse Kaffee stand dampfend noch an der Stelle, an der sie der Mann zurückgelassen hatte. Slake trat ein.
Sein Herz klopfte stürmisch, als er sich neben die Tasse stellte. Noch nie im Leben hatte er so zwischen lauter Menschen, die für ihre Arbeit gekleidet waren, an einer Theke gestanden. Er wußte nicht, was er erwartete, doch es überraschte ihn, daß es nicht eintrat. Er wartete. Er streckte die Hand aus und griff nach der Tasse. Der Kaffee war noch immer sehr heiß. Slake bemerkte, daß die Leute sich mit eingewickelten Zuckerwürfeln bedienten. Ganze Schüsseln davon standen überall auf der Theke. Slake griff verstohlen zu und nahm einen Würfel. Er nahm noch einen und beobachtete, wie die Würfel Kaffeefarbe annahmen, ehe sie zerfielen. Dann nahm Slake einen dritten Würfel, wickelte ihn aus und tauchte nur seine Ecke ein wenig in den Kaffee. Dann aß er das Stück Zucker, das den heißen Kaffee in sich aufgenommen hatte. Es war köstlich. Jetzt schlürfte er den heißen Kaffee aus der Tasse, und das Getränk wärmte ihm Magen und Hals und Nacken und alles. Sein Herz hörte auf, so stürmisch zu klopfen. Als er seitwärts aufschaute, gewahrte er das Mädchen, das hinter der Theke arbeitete, und es schien gar nicht überrascht zu sein, daß er da war.
»Sie denkt, es ist mein Kaffee«, sagte sich Slake.
Slake beeilte sich nicht. Ein ganz neuer Schwarm von Kaffeetrinkern kam und ging, während Slake sein Frühstück einnahm, sechs Stücke Würfelzucker eintunkte und vorsichtshalber zwei weitere in die Tasche steckte. Als er dann dieses Gelage hinter sich gebracht hatte, trat er wieder unter die Arkaden hinaus, ein aufgewärmter Junge, ein Junge, der schon weniger vom Hunger geplagt wurde. Tatsächlich fühlte sich Slake im Augenblick überhaupt in keiner Weise gequält.
Ein Stück weiter, durch das Drehkreuz und ein paar Treppen hinauf, fand sich Slake in einem riesigen Raum wieder – der Haupthalle der Central Station. Dieser große, kalte, von allen Seiten einsehbare Raum ließ ihn an die Notwendigkeit denken,

wieder zur Schule zu gehen. Und bei diesem Gedanken durchzuckten ihn wahrhaft schreckliche Gefühle – eines vom Hals abwärts, das andere von den Knien aufwärts. Und als die aufsteigenden und absteigenden schrecklichen Gefühle in seinem Magen zusammenstießen, erreichte Slake einen Punkt – von dem aus es keine Umkehr mehr gab. Es war kein Entschluß. Es war ein Nicht-Entschluß, war eine Nicht-Handlung. Slake blieb einfach stehen, wo er war, und obgleich die Menschen sich an ihm vorbeidrängten, wenn sie durch die schwarzen Sperren strömten, die von den Zügen heraufführten, bewegte sich Slake doch nur dann ein ganz klein wenig hin oder her, wenn er angestoßen wurde. Seine Augen waren auf einen Punkt gerichtet, der ein ganzes Stück entfernt an der gegenüberliegenden Wand lag, wo das größte Foto, das Slake jemals gesehen hatte, ein riesiges Farbbild eines schäumenden Wasserfalls zeigte; Schaum und Gischt waren so wirklich, daß Slake fast fürchtete, das Wasser werde gleich auf ihn herniederklatschen.

Lange blieb Slake so stehen. Aber nach einiger Zeit – vielleicht lag es an der unbequemen Haltung seines Nackens – ließ er langsam den Kopf sinken und betrachtete wieder, was sich rund um ihn abspielte. Der dichteste Berufsverkehr war vorüber, Slake konnte sich bewegen, ohne von einer Menschenflut mitgeschwemmt zu werden. Sinn- und ziellos schlenderte er umher, fand sich in einem Warteraum mit alten Eichenbänken wieder. Nur hier und da saß ein Mensch auf einer dieser Bänke und wartete. Slake setzte sich.

Ein Zeitungsstand versuchte, fast alle Bedürfnisse der Reisenden zu erfüllen: Zeitungen, Magazine, Schokolade, Kaugummi, Hustenbonbons, Zigaretten, Plastikenten, Autos und Flugzeuge und zahllose andere Waren. Slake sah zu, wie die Menschen Zeitungen und Zigaretten kauften, und dann fiel ihm etwas auf. Wenn die Menschen aufstanden, um ihren Weg fortzusetzen, ließen manche ihre Zeitungen auf den Bänken zurück. »Warum haben sie die dann erst gekauft?« fragte sich Slake. Die Antwort darauf fiel ihm nicht ein, doch als ein Mann nur ein kleines Stück entfernt aufstand und seine Zeitung liegen ließ, rutschte Slake auf der Bank weiter und nahm das Papierbündel an sich. Zuerst starrte er die

Zeitung nur an, ohne eigentlich zu lesen. Dann faltete er die Zeitung zusammen, steckte sie sich unter den Arm und ging langsam und unauffällig in die nächste Bankreihe. Dort lagen keine Zeitungen, aber in der nächsten Reihe fand er wieder eine. Die nächste Zeitung, die Slake aufhob, enthielt einen Damenhandschuh. Slake betrachtete ihn, wußte nicht, was er damit anfangen sollte, und legte ihn in die Zeitung zurück. An einer Bankecke fand Slake eine Hustenbonbonpackung, in der noch ein Bonbon war. Er nahm auch das. Warum er es tat, wußte er nicht genau, aber eine Lehre hatte Slake in seinem bisherigen Leben schon in sich aufgenommen: Wenn etwas aufgegeben ist, dann nimm es erst einmal und prüfe später, wozu es nützlich sein kann. Immer diesen Grundsatz im Sinn, nahm Slake vier Exemplare der »Daily News« und drei der »New York Times«. Nachdem er die Bänke des Warteraums zweimal abgegangen war, besaß er außerdem drei Knöpfe, einen Bleistift und den Kopf einer Puppe. Die letztgenannten Gegenstände steckte Slake in die Tasche, dann setzte er sich wieder und ging daran, die Zeitungen säuberlich zu glätten und zu falten. Als er den Handschuh wiederfand, zog er ihn über seine linke Hand. Dann stand er auf und ging wieder durch die Halle und durch die Gänge in den Untergrund.
Er war noch keine fünfzig Meter gegangen, als ein Mann seinen hastigen Lauf unterbrach und Slake bei der Schulter packte. Der versteinerte.
»Die Zeitung!« sagte der Mann. Slake starrte ihn nur an. »Die Zeitung, Junge!« Und ohne länger zu warten, entriß ihm der Mann eine seiner Zeitungen, drückte ihm das Geld dafür in die Hand und war schon verschwunden. Slake wandte sich um und starrte dem Mann nach. Dann zog er heftig die Luft ein. Wenn auch unerfahren, so war er doch nicht dumm. Slake wußte, daß er soeben ein Geschäft eröffnet hatte.
Slake ging jetzt zielstrebig auf jenen Teil der Untergrundbahn zu, aus dem er vorhin aufgetaucht war. Er stellte sich in die Nähe der Sperren und beobachtete aufgeregt den Mann an der Wechselkasse. Als der Mann gerade zu tun hatte, bückte sich Slake, als wollte er etwas aufheben, und schlüpfte unter dem Drehkreuz hindurch. Dabei hatte er Angst. Verbrechen zu begehen, das fiel Slake

ebenso schwer wie jede ganz alltägliche Handlung seines Lebens. Er lief die Treppe hinunter, die zum Bahnsteig führte, und ging dort langsam auf und ab, während die Furcht sein Herz stocken ließ und das Blut in seinen Ohren rauschte. Die Leute lehnten sich gegen die blauen Pfeiler, starrten vor sich hin oder traten ungeduldig von einem Fuß auf den anderen.

»Sie sehen mich nicht«, dachte Slake und wünschte sich diesmal, sichtbar zu sein.

Und dann richtete ein Mann, der eigentlich nirgendhin zu schauen schien, den Blick plötzlich auf Slake.

»'ne Zeitung?« fragte Slake, und es klang so leise, daß Slake sich fragte, ob die Worte überhaupt außerhalb seines eigenen Kopfes hörbar geworden waren, ob er sie überhaupt wirklich ausgesprochen hatte.

Der Mann legte den Kopf schief. »Was ist?« fragte er.

»Zeitung«, sagte Slake und hob ein wenig den Arm, und seine Stimme klang so unerwartet laut, daß mehrere Leute ihm die Köpfe zuwandten.

Der Mann sagte: »Nein, danke!«, aber ein anderer Mann kam über den Bahnsteig auf Slake zu.

»Die Times«, sagte er und gab Slake das Geld dafür. Slake gab ihm die Zeitung. Mit den fünfzehn Cents, die er vorhin für die News bekommen hatte, waren es nun schon dreißig Cents, die er ohne alle Mühe verdient hatte.

Ein Zug lief ein, das Bild ringsum veränderte sich. Der Bahnhof leerte sich plötzlich wie ein Waschbecken, aus dem man den Verschluß gezogen hat. Slake stand still da und zitterte nur gelegentlich, wenn Zugluft durch den Tunnel fuhr. Sonst war es für den November eigentlich nicht ungewöhnlich kalt. Die Leute, die mit den Zügen fuhren, schienen nicht sonderlich eingepackt zu sein, ihre Gesichter waren nicht von Frost gerötet, ihre Augen tränten nicht. Das alles kam erst später im Winter. Vor den eisigen Monaten wurden allen noch ein paar milde Tage geschenkt.

Allmählich füllte der Bahnsteig sich wieder; wieder stützten die blauen Pfeiler wartende Reisende. Ein kleiner Junge erprobte, wie weit die Toleranz seiner Mutter reichte, indem er sich immer näher an den gelben Strich heranwagte, der die Bahnsteigkante

markierte. Drei junge Mädchen lachten laut über irgendein Geheimnis.
Slake räusperte sich und erprobte wieder seine Stimme.
»Zeitungen?«
Die Mädchen sahen ihn mit geistesabwesenden Blicken an, dann sagte eine von ihnen: »Paß bloß auf die Bahnpolizei auf! Ich habe noch nie erlebt, daß einer hier unten Zeitungen verkauft hat.« Dann wandte sie sich ab und nahm ihr Lachen wieder da auf, wo sie es zuletzt gelassen hatte.
»Sieh mal an, hier gibt's Zeitungen!« sagte ein Mann, zog eine News unter Slakes Arm hervor und gab ihm das Geld. Zeitung schien hier unten so etwas wie ein Zauberwort zu sein.
Als der nächste Zug ankam, stieg Slake – ganz geblendet von seinem Erfolg und dem leicht erworbenen Reichtum – mit den Wartenden ein. Er hatte kein besonderes Ziel. Reisende, die den Zug gerade bestiegen hatten, suchten sich Sitzplätze oder hielten sich an den Halteleinen, daß sie aussahen wie Marionetten: vorwärts – rückwärts, wieder vorwärts . . . Slake jedoch stand dicht bei den Türen, und plötzlich winkte ihm ein Mann zu, der in der letzten Bank saß. Slake zog sich zurück.
»Zeitung!« sagte der Mann und schob Slake einen Vierteldollar in die Hand. Slake erschrak. Welche Zeitung wollte der Mann denn haben? Er gab den Vierteldollar zurück und schüttelte den Kopf. Da müßte er ja erst wechseln.
»Die Times«, sagte der Mann mit einer Spur von Ungeduld.
Slake fand ein Zehncentstück in seiner Tasche. Das war ein unerwartetes und erschöpfendes Geschäft gewesen. An der 59. Straße stieg er eilends aus.
Nun von diesem spannenden und ungewöhnlichen Abenteuer in der Welt des Handels ermüdet, wollte Slake für den Augenblick lieber aus seinem Geschäft aussteigen. Er betrachtete seine verbliebenen Zeitungen. Eine war ein bißchen eingerissen, aber die anderen waren in Ordnung . . . Nein, er hatte genug, und außerdem hatte er seinen Plan mit ihnen. Er schob die verbliebenen Zeitungen unter sein Hemd, ging zur anderen Bahnsteigseite hinüber, und als der Zug ankam, stieg Slake ein. Diesmal wußte er, wohin er fuhr. An der Grand Central Station stieg Slake aus.

Erst ging er die Treppe hinauf und kaufte sich oben am Imbißstand einen Schokoladenriegel für zehn Cents. Dann ging er dieselben Treppen wieder hinunter zum unteren Bahnsteig. Dort unten ging er den langen Bahnsteig entlang, bis er das Ende erreichte, das am weitesten vom Glaskasten des Stationsvorstehers entfernt lag. Schnell huschte er die Stufen hinunter, wartete unbeweglich ab, bis ein Zug gekommen und abgefahren war, weil er dann sicher sein konnte, daß nun das Gleis für einige Minuten frei blieb. Dann duckte er sich unter die überhängende Bahnsteigkante und ging geduckt neben den Schienen her bis zum Tunneleingang. Aufmerksam tastete er nach dem Eingang des Raumes, den er in der Nacht zuvor bewohnt hatte. Einen Augenblick lang fühlte er Panik in sich aufkommen, weil er den Einstieg nicht finden konnte. Aber dann war er doch da. Er stieg durch das Loch. Slake war zu Hause.

Er ging sofort an die Arbeit und wartete nicht ab, bis sich seine Augen an das Dämmerlicht gewöhnt hatten. Er zog die Zeitungen unter seinem Hemd hervor und ging daran, sie Blatt für Blatt zu lockeren Ballen zusammenzuknüllen. Ungefähr dreißig davon legte er dicht nebeneinander in eine Ecke des Raumes. Dann legte er ein paar der alten Bretter darum, damit die Papierknäuel zusammenblieben. Schließlich bedeckte er sie mit drei Lagen Zeitungspapier. Slake hatte ein Bett.

Jetzt faltete er mehrere Blätter der News und schob sie sich wieder unter das Hemd – vor der Brust und auf dem Rücken. Zwei weitere Blätter wickelte er sich um die Arme und band sie mit seinen Schuhbändern fest. Dann setzte er sich auf das Bett und ruhte von seinen Mühen aus. Nach ein paar Minuten griff er in die Tasche und holte die beiden Zuckerstücke daraus hervor, die er von seinem Frühstück verwahrt hatte, das Hustenbonbon und den Schokoladenriegel. Slake war hungrig, wenn auch nicht ärger, als er es schon sehr oft gewesen war.

Und in diesem Augenblick fühlte Slake sich fest entschlossen, sich hier endgültig niederzulassen. Es kam ihm überhaupt nicht in den Sinn, daß man in der Untergrundbahn nicht leben könne – doch hätte es eine solche Frage überhaupt gegeben, so wäre ihm die Antwort leichtgefallen. Slake wußte, daß das Leben ein beharrliches Unkraut war, das im Schotter wuchs, aus zersprungenen Bürgersteigen, in stinkenden Seitenwegen – und es würde ihm hier nicht schlechter gelingen als an irgendeinem anderen Ort, den Slake bisher kennengelernt hatte.

Auf einem anderen Gleis

Der Gedanke, Schafhirte in Australien zu werden, ließ Willis Joe nie mehr ganz los. Manchmal lief er die Straße entlang und beschäftigte sich mit einem Spiel, das er gern spielte – er schaute in Schaufenster und suchte aus, was er nehmen würde, wenn man ihm erlaubte, das auszusuchen, was ihm am besten gefiele. Es gab Fenster voller Uhren, Musikinstrumente, Werkzeuge – aber nichts reizte ihn so sehr wie der breitkrempige Hut, von dem er sich vorstellte, daß er ihn auf dem Kopf tragen könnte, wenn er in Australien hinter seiner Schafherde herritte. Und dieser Gedanke blieb ihm selbst dann noch, als seine Freunde die Schule verließen und in Fabriken, in Garagen oder in Büros in Astoria, Long Island City, Manhattan oder Brooklyn zu arbeiten begannen.

Jeden zweiten Sommer fuhr seine Mutter mit ihm zu einem kurzen Ferienaufenthalt zu seiner Großmutter in Iowa. Willis Joe freute sich immer schon auf diese Reise im Greyhound-Bus. Er mochte seine Großmutter sehr. Und dann hatte sie ihn einmal gefragt, was er denn gern werden wolle, wenn er groß werde, und er hatte es ihr gesagt. Und als er sie erst in Worte gefaßt hatte, kam ihm die Vorstellung nicht mehr so wirklichkeitsnah vor.

»Ein Schäfer!« hatte seine Großmutter lachend ausgerufen. »Junge, ich habe einmal einen Mann gekannt, der auf einer Schaffarm in Montana gearbeitet hat, und wenn du ihn gerochen hast, konntest du ihn nicht von einem Schaf unterscheiden. Einmal, da ist er mir ein bißchen zu freundlich geworden, und da habe ich ihm das gesagt. Und weißt du, was er mir geantwortet hat?«

Willis Joe erkundigte sich ernsthaft interessiert, was der Mann gesagt habe.

»Tja, gelacht hat er, und dann hat er mir gesagt . . .« Seine Großmutter versuchte, ihre Stimme recht tief und knurrig klingen zu lassen. »Er hat gesagt: ›Der Unterschied zwischen einem Schaf und mir ist, daß ich eine Seele habe, Madam.‹« Die Stimme seiner

Großmutter wurde wieder normal. »Ja, das hat er gesagt. Eine Seele hatte er. Das mochte ja seine Richtigkeit haben, aber es war einfach nicht genug, weißt du.«

Und das war der einzige lebende Mensch, dem Willis Joe jemals von seinem Wunschtraum erzählt hatte.

5

Eine Art Ordnung kam in Slakes Leben. Er wachte stets zur gleichen Zeit auf – eine Gewohnheit, die aus der Tatsache entstand, daß die Geschäftsstunden am Morgen kurz und lebhaft waren.

Nach jenem ersten Morgen ging er nicht wieder in den Warteraum, um dort nach Zeitungen zu suchen, weil er dazu durch das Drehkreuz an der Sperre mußte. Aber er fand schnell andere Versorgungsquellen. Für gewöhnlich begann er seinen Tag damit, daß er bis zur untersten Bahnsteigebene hinabstieg und mit dem Frühzug bis zum Times Square und zurück fuhr. Dabei graste er den Zug systematisch nach Zeitungen ab, die Reisende auf ihrer langen Fahrt von Queens herein gelesen hatten. Er glättete und faltete sie auf der Rückfahrt und stieg dann die Treppen hinauf zu dem Bahnsteig, von dem die innerstädtischen Züge fuhren.

Eine weitere Quelle waren die Papierkörbe dicht bei der Sperre. Völlig gut erhaltene Zeitungen wurden hier in Massen fortgeworfen, doch es gab hier nicht genug Platz, um sie ordentlich zu glätten und zu falten, deshalb zog Slake doch die Zugfahrt vor.

Nach einer Woche hatte er zwei regelmäßige und mehrere gelegentliche Kunden auf dem innerstädtischen Bahnsteig. Einer der regelmäßigen war ein riesiger Mann mit einem Turban, der immer freundlich grinste, wenn er Slake das Geld gab, als täte er selbst etwas Verbotenes. Jedenfalls kam es Slake so vor. Denn Slake hatte noch immer nicht das Gefühl überwunden, daß er seine Kunden genaugenommen betrog, wenn er ihnen gebrauchte Zeitungen zum Neupreis verkaufte. Aber, so sagte er sich, wenn ihm ein solcher Gedanke kam, schließlich hatte er sein Geschäft gar nicht von sich aus angefangen, sondern jemand hatte eine Zeitung von ihm verlangt. Zwei Menschen hatten Zeitungen von ihm kaufen wollen. Konnte er vielleicht etwas dafür?

Die zweite regelmäßige Kundin war eine rundliche Dame mit einem langen Mantel und einer Wollmütze, die sie weit in das glatte, rosige Gesicht zog. Sie brauchte immer sehr lange, um in einer riesigen Handtasche nach dem Geld zu kramen, und für gewöhnlich fand sie es in lauter einzelnen Pennystücken, die über den Boden ihrer Tasche verstreut lagen. Während sie suchte, führte sie ein Einbahn-Gespräch mit Slake über die Fortschritte ihrer Geldsuche, über das Leben allgemein, besonders über ihre eigene kleine Familie. Meistens war das ganz lustig und wirkte ungefähr wie ein leisegestelltes Radio.

Nach den Geschäftsstunden seines zweiten vollen Tages im Zeitungsgeschäft besaß Slake einen Dollar und fünfunddreißig Cents, ein paar kleine Münzen mitgerechnet, die er gefunden hatte. Sobald die letzte Zeitung verkauft war, ging Slake wieder zu der Imbißhalle, in der er am Morgen seinen Kaffee getrunken hatte. Er fühlte sich unsicher und ängstlich, doch der Hunger trieb ihn vorwärts. Er bestellte sorgfältig, verglich das Geld in seiner Tasche mit der Preistafel, die, in großen Buchstaben gedruckt, hinter der Theke hing. Dann entschied er sich für eine Schale Gemüsesuppe und ein Schinkenbrot. Die Suppe wurde mit zwei in Pergamentpapier eingewickelten Salzstangen serviert. Die schob Slake in die Hosentasche. Dann nahm er eine Serviette, wickelte die Hälfte des Schinkenbrotes darin ein und schob das Päckchen in die Hemdtasche. Erst dann nahm er einen Bissen von der verbleibenden Hälfte und einen Löffel von der heißen Suppe. Es war eine Schlemmermahlzeit. Aber Slake ließ sich nicht von Behagen und Wohlstand überwältigen. Er mußte vorausdenken. Deshalb raffte er allen Mut zusammen, der ihm verfügbar war, und bat um etwas.

»Was willst du?« fragte die Bedienerin.

»Ketchup«, sagte Slake.

»Ketchup! Zum Schinkenbrot!« Die Kellnerin lachte, doch eigentlich war sie an Wünsche aller Art gewöhnt und nicht mehr leicht zu überraschen. Der Ketchup kam in kleinen luftdicht verschlossenen Plastikpackungen, die Slake schon auf der Theke gesehen hatte. Er schob sie sich in die Tasche, und während er langsam sein Brot kaute und seine Suppe schlürfte, steckte er noch ein paar Würfel Zucker ein. Er wußte genau, was seine Mahlzeit kostete. Einen Dollar, fünf Cents und die Steuer. Eine Menge Geld. Als die

Bedienung die Rechnung vor ihn legte, zählte er die Münzen sorgsam ab, legte den genauen Betrag auf den Zahlteller und rutschte schnell von seinem Hocker.

Mit einem wohligeren Gefühl im Magen, als es ihm sonst aus der jüngeren Vergangenheit erinnerlich war, war Slake nun bereit, seine neue Umgebung genauer in Augenschein zu nehmen. Die nächsten zwei Stunden verbrachte er in U-Bahn-Tunnels, um sich gründlich zurechtzufinden.

Das U-Bahn-Gelände bestand aus mehreren Ebenen. Ganz unten, gut zwanzig Meter unter der Erdoberfläche, war der Bahnsteig der Fernschnellzüge, überwölbt von einer hohen weißen Decke. Mit den weißen Wänden, den roten und blauen Streifen und den gelben Wartehäuschen glich dieser Bahnsteig eher einem Zirkus. Von hier aus bohrte sich der große Tunnel unter dem East River hindurch nach Queens hinüber.

Darüber lagen die beiden Bahnsteige der städtischen Linien, die über die Lexington Avenue liefen. Auf der vorstädtischen Seite hauste Slake, auf der innerstädtischen Seite arbeitete er. Dieser Bahnsteig war durchaus nicht zirkusähnlich. Trotz seiner blauen Pfeiler wirkte er trübe, doch Slakes Aufmerksamkeit wurde von den vielen kleinen Mosaikbildern von Lokomotiven gefesselt, die in kurzen Abständen in die Kachelwände eingelassen waren.

Auf der nächsthöheren Ebene lagen die Sperren, die Drehkreuze, die Zahlschalter, die Verkaufsautomaten und ein kleiner Erfrischungsstand. Und dann begann der lange Arkadengang zur Eingangshalle und zur Rolltreppe. Dieser Gang wurde von Geschäften mancherlei Art gesäumt. Dazu gehörte der Imbißstand, in dem Slake gerade eben gegessen hatte. Ein Fotogeschäft gab es dort, einen Zeitungskiosk, einen Blumenladen, einen Juwelier, einen Laden, in dem Uhren repariert wurden, ein Kleidergeschäft und noch ein paar andere, darunter auch ein Schuhputzstand, der von einem Jungen in Slakes Alter betrieben wurde. Es war eine Stadt unter der Stadt . . . eine Stadt unter den Steinen.

In seiner Stadt unter der Stadt sah Slake Züge voller Menschen und voller Leben vorüberfahren. Sie fuhren irgendwohin. Wohin? Vielleicht war er bei seinen früheren kurzen Fluchtaufenthalten in der U-Bahn nicht weit genug gefahren, um es herauszufin-

den. Deshalb beschloß Slake nun, den größten Teil seiner Nachmittage auf U-Bahn-Ausflüge zu verwenden. Die ersten Reisen waren Zufallsergebnisse. Er fuhr einfach, wohin der Zug ihn trug, stieg um, wie es flüchtige Launen ihm eingaben. Er ließ sich von der Untergrundbahn führen.
Aber später übernahm Slake das Kommando. Er entwickelte einen umfangreichen Erforschungsplan. Sorgsam studierte er die große U-Bahn-Karte an den Wänden der Züge. Er unterteilte die Stadt in fünf große Gebiete – ihre fünf natürlichen Bestandteile, und darin dann wieder Teilungen und Unterteilungen. Und während der Zeit, die er im Untergrund zubrachte, gelang es Slake, systematisch jeden Zentimeter der einhundertsiebenunddreißig Meilen Untergrundbahn zu erforschen, und nach seinen eigenen Aufzeichnungen, die er nun stets bei sich trug, stieg er an jedem einzelnen der zweihundertfünfundsechzig U-Bahnhöfe aus. Er reiste jedoch nicht zu den höher gelegenen Bahnhöfen, die über der Erde lagen, und so muß man vielleicht doch sagen, daß seine Forschungsreise unvollkommen blieb.
Manchmal fuhr Slake nur so dahin und schaute aus dem Fenster, als wären auf den dunklen Betonwänden Landschaften zu sehen. Und seine Vertrautheit mit der Untergrundbahn wurde so groß, daß sein inneres Zeitsystem ihm sagte, wenn sich der Zug einer Station näherte, und er wußte auch immer, um welche Station es sich handelte.
Oft stand er bei seinen Fahrten aber auch ganz vorn im ersten Wagen, gleich neben der Tür des Lokomotivführers, und er beobachtete die Schienen, die sich ineinander verflochten, er behielt die grünen Lichter im Auge, die freie Fahrt gewährten, beachtete die gelben Lichter, die zur Vorsicht mahnten, wartete dann auf freie Fahrt beim nächsten Signal. An Kreuzungen las Slake die verdoppelten Zeichen – gelb über rot, rot über gelb. Allmählich lernte er die Zeichen der Untergrundbahn kennen, wie ein Waldläufer alle Zeichen der Wildnis kennt – Zeichen neben den Gleisen, die Kurven anzeigten oder Gefällstrecken, Zeichen, die dem Triebwagenführer sagten, wann er die Geschwindigkeit mindern mußte, wann er schneller fahren durfte. Männer, die an den Strecken arbeiteten, ließen Lampen aufblitzen und winkten

mit Flaggen, und der Zugführer antwortete darauf mit der Signalpfeife. Slake beobachtete Züge, die auf einem anderen Gleis auf ihn zukamen, sah zu, wie das Krokodil des dritten Gleises Funken sprühte, wenn sein Schwanz um eine Kurve verschwand. Und auf diese Weise entdeckte Slake Amerika – ein unterirdischer Henry Hudson.

Eine erhebliche Zeit verbrachte Slake damit, die Inschriften zu lesen, die sich überall im Untergrund fanden. Ein Wort stand an der Wand, so groß, daß Slake es mühelos lesen konnte. Wer in der U-Bahn wohnte, brauchte keine Bücherei und kein Taschenbuch. In heller Sprayfarbe oder mit Filzstift waren in den U-Bahn-Wagen Tausende von Namen und Botschaften angebracht. Zip 168, Big Man, Louie 125, Pee Wee. Aber zwischen alledem und ganz besonders an den Wänden der Stationen las Slake zahllose interessante Mitteilungen. Erklärungen standen dort, und oft auch Antworten.

GOTT LEBT
Gutes Leben
Guter Gott!

LAUSIG! LAUSIG!! LAUSIG!!!

WO IST SMITTY?
Im Knast.

HILFE!
EINE RATTE HAT MICH GEBISSEN
Beiß sie wieder!

FRIEDEN!

Panikknopf – drücken!
MIR BLEIBT KEINE ZEIT MEHR

Slake hätte auch gern eine Botschaft aufgeschrieben, aber zunächst fehlten ihm die Mittel dazu, und dann fehlte es ihm immer am Mut. Eine Inschrift, die Slake besonders mochte, lautete:

RETTET DIE WELT FÜR BENNY POMERANTZ!

Am Ende des Tagesausflugs, wenn Slake spürte, daß die Hauptverkehrszeit anbrach, schlängelte er sich in Zügen durch die unterirdischen Gänge, bis ihn ein Zug wieder am Grand Central absetzte. Er verspürte so etwas wie ein Zuhausegefühl, doch blieb er immer unverändert vorsichtig, wenn er zu seiner Höhle zurückging. Erst ging er zum fernen Ende des Bahnsteigs, so weit wie möglich fort vom Glaskasten des Stationsvorstehers, dann duckte er sich unter den Bahnsteigrand, sobald ein Zug vorübergerattert war, dann huschte er geduckt und ungesehen zum anderen Ende der Station. Dann kam der vorsichtige Gang entlang der Stromschiene bis zur Höhle, und es blieb nur noch der Einstieg zu bewältigen, und Slake war wieder daheim.

Slake machte sich Gedanken darüber, daß man ihn sehen könnte, während er zum Bahnsteigende schlich und die Stufen hinabstieg. Aber er entwickelte dabei eine so große Geschicklichkeit, daß er nur bei zwei Gelegenheiten tatsächlich beobachtet wurde. Das erstemal von einem kleinen Mädchen, das den Bahnsteig entlanggebummelt war und Slake anstarrte, als der sich neben den Stufen an die Wand drückte.

»Was machst du da?« fragte das Mädchen.

»Ich arbeite«, antwortete Slake, bückte sich und verschwand unter dem Rand des Bahnsteigs.

Beim zweiten Mal entdeckte ein Mann, der auf und ab ging und auf einen verspäteten Zug der Linie vier wartete, Slake, als der gerade die Stufen hinabstieg.

»He, du!« rief er, und da Slake nicht stehenblieb, wandte er sich um und rief und gestikulierte. »Wohin will denn der Junge?« fragte er, obwohl niemand da war, der ihn hören konnte. Und bis der Mann wieder den belebten Teil des Bahnsteigs erreicht hatte, war Slake längst, unter die Bahnsteigkante geduckt, zur

anderen Seite hin unterwegs, hin zur Geborgenheit seiner Höhle.
Und dann, an einem Spätnachmittag, als er auf dem Heimweg war, fand Slake einen Schatz unter der Bahnsteigkante: zwei Batterielampen, die Gleisarbeiter zurückgelassen haben mußten. Er zögerte nicht. Er nahm sie an sich. Und von nun an war seine Höhle beleuchtet.
Als Slake sich am Abend zum Essen niedersetzte, erwartete ihn seine Mahlzeit in der Hemdtasche – die zweite Hälfte seines Frühstücksbrotes. Das war nicht gerade üppig, doch es genügte, um sein Leben zu erhalten – dicke Scheiben weichen Brotes, in der Tasche ein wenig zerdrückt, eine ganz anständige Scheibe Schinken, ein Stück welkes Salatblatt. Und Slake hatte auch das Wichtigste nicht vergessen – Wasser. Er hatte sich inzwischen einige höchst nützliche Gegenstände aus den Papierkörben beschafft. Dazu gehörten einige Coca-Cola-Büchsen. Im Waschraum hatte er sie ausgespült, und er sorgte dafür, daß sie immer gefüllt waren. Und allmählich entwickelte Slake auch Ideen, wie er manches von dem anderen Gerümpel sinnvoll verwenden konnte, das er zusammengetragen hatte.
In seinem ganzen bisherigen Leben hatte Slake noch niemals ein Zimmer ganz für sich allein gehabt – eigentlich hatte er überhaupt noch nie ein Zimmer gehabt, nur eine Küche. Keinen Raum – abgesehen von einem Taubenschlag auf dem Dach eines Hauses, in dem er einmal gewohnt hatte. Daran erinnerte er sich noch. Dort, hoch über den Straßen, an seinen fast vergessenen Kindheitsnachmittagen, hatte er viele Stunden außerhalb der Reichweite der prügelnden Arme seiner Klassenkameraden und der keifenden Stimme seiner Tante zugebracht.
Jetzt, unter den Straßen, genoß er den Luxus eines Zimmers, das ihm ganz allein gehörte. Slake griff nach seiner Büchse mit dem kühlen Wasser und spülte den letzten Bissen vom Schinkenbrot hinunter.
In Slakes Vergangenheit war die Tante von einer bedrohlichen Allgegenwärtigkeit gewesen. Einmal hatte sie Slake einen Einkaufsbeutel voller Flaschen gegeben, für die er vom Kaufmann das Pfandgeld holen sollte. Slake wußte genau, daß er mit den

Flaschen nicht bis zum Kaufmann kommen würde. Woher Slake das wußte? Er wußte es eben. Auf halbem Wege fielen drei Jungen über ihn her und bemächtigten sich der Flaschen, und Slake kehrte ohne das Geld in die Wohnung zurück.

Die Tante war über ihn hergefallen. Zuerst hatte sie ihn angeschrien: »Du Lügner!« und hatte ihn durchsucht. Dann hatte sie ihn beschuldigt, sich für das Geld Süßigkeiten gekauft zu haben. Dann, als ihr klargeworden war, daß er gar nicht genug Zeit gehabt hätte, zum Laden und zurückzugehen und dann noch die Süßigkeiten zu verzehren, hatte sie über seine Sorglosigkeit und seine Hilflosigkeit geschimpft.

Slakes Erwartungen, daß ihm Gutes widerfahren könnte, waren nicht groß . . . waren nicht groß . . . waren nicht . . .

6

Allmählich empfand Slake so etwas wie Verantwortung gegenüber seinen beiden regelmäßigen und sogar zu einigen der gelegentlichen Kunden. Er wußte, daß die Frau mit dem rosigen Gesicht und der Mann mit dem Turban sich wegen ihrer Zeitungen auf ihn verließen. Er gab sich Mühe, sie zuerst zu bedienen, obgleich sich schon bald eine seltsame Nervosität bei ihm einstellte, sobald der Mann mit dem Turban sich näherte.

Die rosenfarbene Dame zählte Geld. »Da haben wir einen . . .«, sagte sie und fischte einen Penny hervor. »Und da Nummer zwei . . .« Im Futter der Handtasche. »Ich weiß, daß ich eine ganze Menge Stücke hier drin haben muß, denn ich hab' sie gestern abend extra hineingeworfen. Hab' sie aus den Sofakissen eingesammelt. Weißt du schon, daß Pennies viel häufiger in Sofakissen verschwinden als Zehncentstücke? Woran kann das nur liegen?« Slake wußte den Grund auch nicht.

»Wenn mein Sohn zu Besuch kommt, fallen sie ihm dauernd aus den Taschen. Warum der bloß immer so viele Pennies hat?«

Auch das wußte Slake nicht, doch alles zusammen war eine Geschichte, die zugleich mit den Münzen zusammengeklaubt wurde. Die Dame mit dem rosigen Gesicht hatte also einen Sohn, der sie oft besuchen kam, und jedesmal, wenn er sich aufs Sofa setzte, fielen viele Pennystücke aus seiner Tasche. War der Sohn leichtsinnig? Hatte er Löcher in den Taschen? Slake merkte, daß er über diesen Sohn nachdachte. Was tat er? Wo wohnte er? Wie kam es, daß er seine Mutter so oft besuchte?

»Weißt du«, sagte die Dame eines Tages zu Slake, während sie nach dem Kleingeld fischte, »es ist einfach nicht richtig, daß es hier unten in der U-Bahn jetzt so gefährlich geworden ist. Ein Mensch fühlt sich ja hier Tag und Nacht seines Lebens nicht mehr sicher. Ich sage dir, ich habe tatsächlich Angst! Da steht ein Mensch neben dir und sieht ganz ordentlich aus, und dabei überfällt er dich vielleicht und raubt dir das Portemonnaie . . . oder er bringt dich

sogar um! Vor ein paar Monaten hat man eine nette alte Dame vom Bahnsteig direkt vor den Zug gestoßen. Nur ein paar Minuten ehe ich angekommen bin. Und einen Mann haben sie erstochen. Paß nur ja gut auf dich auf, hörst du!«
Slake verstand eigentlich nicht recht, warum sie das alles sagte. Waren die Leute hier in der Untergrundbahn nicht dieselben Menschen, die sonst oben über die Straßen gingen? Und worin unterschieden sich die Dinge, von denen sie erzählte, von jenen, die Slake überirdisch erlebt hatte? Aber zu warnen brauchte sie Slake wahrhaftig nicht; er hatte sein ganzes Leben auf der Hut verbracht. Und bei Nacht war Slake in seiner Höhle allem aus dem Wege – fernab von aller Zivilisation . . . aus dem Wege jener lebendigen Berge von Jungen, die in die U-Bahn gestürmt kamen, laute, drängende Fleischwände, die spuckten und lärmten, trunken von Wein oder starken Drogen; vielleicht kamen sie, weil sie die Wände der U-Bahn-Schächte mit ihren Sprühdosen verzieren wollten, weil sie ihre Botschaften aufschreiben wollten, weil sie sich selbst auf diese Weise Denkmäler setzen wollten. Kein Mensch brauchte Slake zur Vorsicht zu mahnen; er hielt unaufhörlich Ausschau nach allem Feindseligen, und bisher war alles, was außerhalb von Slakes eigener Haut lebte, feindselig gewesen – und ein erheblicher Teil von dem, was in der eigenen Haut steckte, war es ebenfalls.
»Und das wären vierzehn«, sagte die Dame. »Uiii! Mein Zug. Gerade rechtzeitig.« Und sie winkte Slake ein freudiges Lebewohl zu. »Ich schulde dir einen Penny!« rief sie, während sie auf die Tür zudrängte. »Den geb' ich dir morgen!«
Und am nächsten Morgen tat sie es wirklich, und sie brauchte nur nach sechs Pennies zu fischen, weil sie gleich zuerst ein Zehncentstück gefunden hatte.
»Das wären drei«, sagte sie, »und vier. Nein, das ist ein Mantelknopf von meinem Jungen. Der muß mit dem Kleingeld ins Sofakissen gefallen sein.«
Kam ihr Sohn denn jeden Abend? Die Antwort erfuhr Slake mit der Zeit. Er besuchte seine Mutter an seinen Kegelabenden, und sie gab ihm dann zu essen.
»Und das sind sechzehn Cents! Ist dir denn nicht kalt?«

Slake schüttelte den Kopf und gab ihr die Zeitung. Er betrachtete die Frau von der Seite und aus halbgeschlossenen Augen. Das gab ihm das Gefühl, unbeobachtet zu sein, während er selbst beobachtete.

»Das ist wirklich bequem, daß man die Zeitung hier so kriegen kann«, sagte die Dame, als ein Mann kam, Slake Geld zusteckte und eine Zeitung unter seinem Arm hervorzog. »Wenn ich meine Zeitung kriege, während ich hier warte, das ist beinahe so, als würde ich bedient, weißt du. An Bedienung bin ich nicht gewöhnt, mußt du wissen. Ganz im Gegenteil.« Sie lachte. »Ich bin gewöhnt, andere zu bedienen. Ich mache in einem Haus sauber für einen reichen Herrn in der Innenstadt, weißt du. Das mache ich schon seit Jahren. Da muß ich zwar früh aufstehen, aber mittags bin ich mit der Arbeit fertig. Das ist das Gute daran. Ich versuche immer, die gute Seite an allem zu entdecken.«

Slake nickte. Noch niemals hatte er soviel über einen Fremden gewußt, und in Slakes Leben waren alle Menschen Fremde, keiner war vertraut . . . von Joseph abgesehen. Aber jetzt begannen die Fremden in zwei Gruppen zu zerfallen: bekannte Fremde und unbekannte Fremde. Die bekannten Fremden waren seine Putzfrau, die Kellnerin im Imbißstand, deren regelmäßiger Kunde er nun war, und vielleicht sogar mehr oder weniger der Mann mit dem Turban.

Doch Slake hatte begonnen, diesen Mann zu fürchten – wegen seines halbversteckten Lächelns und weil Slake das Gefühl hatte, dieser Mann betröge ihn um irgend etwas – um Vertrauen –, und Slake hatte so wenig, worum man ihn betrügen konnte, daß es ihm unmöglich war, auch nur einen einzigen Zentimeter davon ohne Furcht zu verlieren.

Eines Tages, als er den Mann mit diesem seltsamen und geheimnisvollen Lächeln näher kommen sah, fühlte Slake Panik in sich aufsteigen und wandte sich ab. Er wünschte, er wäre unsichtbar. Er starrte und starrte auf die Gleise.

»Was suchst du denn, mein Junge?« Es war der spitze Akzent des Mannes. Slake hatte den Kopf tief zwischen die Schultern gezogen und die Augen geschlossen, so daß er nichts sehen und – das hoffte er wenigstens – auch nichts hören konnte.

»Was sagst du, mein Junge?«
Slake gab sich Mühe und quetschte das Wort hervor: »Nichts.«
»Oh«, sagte der Mann, »dann findest du es bestimmt. Verkaufst du mir eine Zeitung, ja?« Und Slake tat es, richtete es aber so ein, daß er den Mann dabei nicht ansah.
Im Laufe der Tage brachte das ängstliche Gefühl, das sich jedesmal einstellte, wenn sich der Mann mit dem Turban zeigte, Slake auf den Gedanken, daß er sich für seine Geschäfte auf diesem Bahnsteig vielleicht eine andere Zeit aussuchen müsse. Aber dann konnte er der Putzfrau keine Zeitung mehr verkaufen und auch nicht den anderen Kunden, die gelegentlich ihre Zeitungen von ihm verlangten. Slake fand diese Routine schon ein wenig tröstlich, und wirkliche Probleme hatte es bisher nicht gegeben, wenn man von dieser Angst vor dem Mann mit dem Turban absah.
Und dann, eines Tages, sah er den Mann auf sich zukommen. Slake wandte sich um und versuchte, wie zufällig zum anderen Ende des Bahnsteigs zu schlendern. Doch die langen Beine des Mannes holten ihn ein, ohne daß sie ihren Schritt beschleunigen mußten.
»Zeitung, bitte!« Und Slake mußte sich umdrehen und unter seinem Arm nach der Zeitung greifen. Er streckte sie aus, ohne den Blick zu heben. Sie wurde ihm nicht abgenommen, und das Geld fiel ihm auch nicht wie sonst in die ausgestreckte Hand. Aber der Mann sprach mit ihm, und es klang so beiläufig, als hätte er unendlich viel Zeit und als gäbe es keinen Zug, den es nicht zu versäumen galt.
»Sag mal, Junge, woher kriegst du eigentlich diese Zeitungen, he?«
Das war es also! Der Mann wollte ihn aus seinem Geschäft vertreiben! Er hatte alles herausgefunden.
»Aus den Zügen!« Slake beantwortete eine direkte Frage mit einer direkten Antwort, und es überraschte ihn, wie leicht das war.
»Aha!« sagte der Mann, ließ das Geld in Slakes Hand fallen, wandte sich um und ging den Bahnsteig entlang. Was würde der Mann wohl unternehmen?
Slake schwitzte die ganze Nacht, obwohl es in seinem kleinen Raum nicht heiß war. Den ganzen nächsten Morgen blieb er in

seiner Höhle und suchte keine Zeitungen zusammen. Als er später am Nachmittag doch hinausging, klaubte er ein paar Zeitungen in ziemlich schlechter Verfassung zusammen: zerknüllt und eingerissen. An diesem Tage hatte Slake nicht das Geld für eine Mahlzeit. Er blieb an der West Side, fuhr zur Stadthalle und wieder zurück, hatte seine geplante Reiseroute völlig vergessen. Irgendwie fühlte er sich wie ein steuerlos treibendes Schiff.

Am Spätnachmittag kehrte er in seine Höhle zurück, trank vom Wasser, las eine der Zeitungen, aus denen sein Bett bestand und die er regelmäßig austauschte, wenn er sie flachgelegen hatte und sie ihre Weichheit verloren. Im Laternenlicht war die Höhle fast gemütlich, und Slake lag entspannt auf seinem Lager und las, die Zeitung dicht vor die Augen gehalten, die Augen dicht neben der Lampe. Hin und wieder fesselten Fotos von Verbrechensopfern seine Aufmerksamkeit, Bilder von Schurken, die unter Schüssen gefallen waren und in ihrem eigenen Blute lagen. Dieser Anblick war Slake keineswegs ganz und gar fremd. In seinem Leben hatte er schon genug Leute in ihrem Blute liegen sehen. Es überraschte ihn nur, daß Blut auf einem Schwarzweißfoto eigentlich gar nicht aufregend aussah. Es kam ihm unwirklich vor, und so las er die Berichte rund um die Bilder so, als wären sie nur Fantasiegeschichten, weiter nichts.

Diese und dann auch die Geschichten über dickbäuchige und stockbeinige Kinder, die in einem Lande mit einem unaussprechlichen Namen an irgendeiner Epidemie zu Tausenden starben, waren den unheimlichen Geschichten ziemlich ähnlich, die Lehrer in der Elementarschule oft vorgelesen hatten. Sie waren nicht so sehr entsetzlich, denn schon damals hatte Slake im Grunde gewußt, daß alle diese Geschichten nicht wahr sein konnten. Er wußte, daß wirkliches Entsetzen nicht von menschenfressenden Riesen kam, von hinterhältigen Zwergen oder gemeinen Hexen, sondern von den großen, breitschultrigen Jungen in seinem Wohnblock oder in seiner Klasse, die manchmal kleine scharfe Messer in den Schuhen trugen, die immer feste Fäuste mit spitzen Knöcheln hatten, die wie feste Schneebälle mit Steinen darin wirkten. Die einzige Geschichte, die Slake in seiner Grundschulzeit wirklich entsetzt hatte, handelte von zwei hungernden Kindern, die sich im Wald verlaufen hatten, denn eines erkannte Slake sofort – er erkannte die Wahrheit. Er konnte Tatsachen von Erfindungen unterscheiden.

Als Slake am nächsten Morgen erwachte, schrie der Vogel in seiner Brust zum Steinerweichen, jener Vogel in seiner Brust, der in letzter Zeit fast in Vergessenheit geraten war. Als Frühstück trank Slake ein wenig Wasser, dann fuhr er mit dem Direktzug zum Times Square, um seine Zeitungen zu sammeln. Er wollte eigentlich gar nicht, aber irgend etwas zog ihn auf den Bahnsteig.
Die rosige Putzfrau lächelte. »Du, hör mal, ich hab' mir gestern Sorgen um dich gemacht. Und meine Zeitung hat mir gefehlt. Warst du krank? Hier, ich habe das Geld heute schon bereit, siehst du?«
Slake hatte ein ganz seltsames Gefühl. Er zitterte. »Du willst doch nicht behaupten, daß du nicht frierst!« sagte die Frau streng.
Er fror nicht, er fürchtete sich. Der Mann mit dem Turban kam näher. Er war wie diese Meute in der Schule. Slake erstarrte zu einem Block Angst. War diese Angst ihm hierher nachgelaufen, oder waren sie gemeinsam hier angekommen? Jetzt wäre er gern in seine Höhle zurückgekehrt und hätte sich versteckt, doch es war zu spät.
»Fünf Cent!« sagte Slake leise und hielt dem Mann mit dem Turban die Zeitung entgegen.
»Warum fünf?« fragte der Mann nach einem Weilchen, und er sagte es ganz ruhig, aber sehr ernst.
»Aus zweiter Hand«, flüsterte Slake, wollte dem Mann die Zeitung aufdrängen und sah sich aufgeregt um.
»Das weiß ich doch«, sagte der Mann. »Aber für mich ist es ein Vorteil, daß ich nicht erst am Zeitungsstand warten muß. Und du streichst die Zeitungen doch wirklich wieder schön glatt. Du lieferst gute Ware, du berechnest deine Dienstleistung, das ist doch ein faires Geschäft.«
Slake war verblüfft, doch seine Neugier war jetzt so groß, daß seine Stimme seinem Willen davonlief. »Warum verfolgen Sie mich dann?« hörte er seine heisere Stimme fragen.

»Dich verfolgen?« Der Mann lachte sein tiefes Lachen. »Wann habe ich dich denn verfolgt?«
Slake konnte den Ton in seiner Kehle nicht wiederfinden. Aber ich bin doch weggelaufen, dachte er bei sich, also muß er mich doch verfolgt haben!
Der Mann sah Slake in das stumme und sorgenvolle Gesicht. »Hör mal, mein Junge, ich möchte eine Zeitung haben, aber ich brauche sie auch wieder nicht so dringend, daß ich deswegen eine Verfolgungsjagd veranstalte.« Der Mann lachte noch einmal, dann klopfte er Slake auf die Schulter, ehe er sich abwandte, um seinen Zug zu erreichen.

Auf einem anderen Gleis

Kurz bevor er achtzehn wurde, ging Willis Joe Whinnys Glücksstern unter, doch damals wußte er es noch nicht. In jenem Jahr rutschte sein Vater kurz vor Weihnachten auf dem Eis aus und brach sich die Hüfte. Es sollte sehr lange dauern, ehe er wieder irgendeine körperliche Arbeit leisten konnte, und Willis Joe verließ die Schule, weil er aushelfen mußte. Er fand auch einen Job und machte in einer Garage in Astoria sauber und war für allerlei Hilfsarbeiten da. Dann bediente er ein wenig an der Tankstelle, und nach und nach lernte er so viel über Autos, daß er als Mechaniker arbeiten konnte.
Es ging ihm recht gut, doch nach einigen Jahren schlug ihm sein Onkel vor, er solle sich doch – wie sein Onkel – um einen Job bei der Untergrundbahn bewerben. »Du verdienst mehr Geld, und wenn du dich einmal zur Ruhe setzt, kriegst du eine ganz nette Rente von der Stadt.« Willis Joe dachte noch nicht an seinen Ruhestand. Er wollte ja erst anfangen mit allem, doch er bekam tatsächlich Arbeit als Schaffner bei der Untergrundbahn. Vielleicht, dachte er, ließ sich dabei ein wenig Geld für die lange Reise nach Australien zusammensparen.
Nach sechs Monaten bestand Willis Joe die Prüfung als Triebwagenfahrer, und sobald er die notwendige Zeit auf der Einsatzliste hinter sich hatte – das Einspringen für Triebwagenfahrer, die krank wurden oder in Urlaub fuhren –, durfte er sich seine eigene Strecke aussuchen, und es gelang ihm, der Strecke Ditmars Boulevard zugeteilt zu werden, deren Endhaltestelle dicht bei seiner Wohnung lag. Und dann dachte er schon sehr bald, wie beruhigend doch die Vorstellung sei, daß man eine gute Rente bekäme, wenn man einmal im Pensionsalter wäre . . . Er heiratete ein wirklich nettes Mädchen namens Lily, und sie hatten zwei Kinder, Joe und Wilma.
Australien war weiter fort als je zuvor.

7

Als Slake der Putzfrau am nächsten Morgen ihre Zeitung verkaufte, gab sie ihm eine große braune Papiertüte.

»Das ist bloß was von meinem Sohn, was ihm nicht mehr paßt, und wenn du es gebrauchen kannst, um so besser«, sagte sie. »Und wenn du's nicht brauchen kannst, dann verschenkst du es einfach weiter.«

Slakes Hand nahm die Tüte an. »Und ein Paar Jeans kriegst du auch noch, wenn ich erst mit dem Flicken fertig bin.«

In der Tüte war eine Jacke mit einem Reißverschluß. Sie bestand aus irgendeinem flauschigen, gefütterten Stoff. Während die Frau auf ihren Zug wartete, hielt Slake die Jacke in der Hand und starrte die Frau an und schüttelte den Kopf langsam hin und her. Dann versuchte er, ob ihm die Stimme gehorchte.

»Danke!« Aber er war nicht ganz sicher, ob er es wirklich ausgesprochen hatte. Erst als die Frau in den Zug gestiegen war, zog Slake die Jacke an. Sie war ein paar Nummern zu groß, doch das störte ihn nicht.

Als Slake in seiner warmen Jacke, die Zeitungen unter dem Arm, zum Essen ging, war er beinahe, wenn auch noch nicht ganz, bereit, der Kellnerin ins Gesicht zu sehen, die seine Mahlzeit vor ihn stellte. Während er auf sein Essen wartete, erforschte Slake seine Jacke. Zwei große Taschen hatte sie, großartig geeignet für das halbe Sandwich, das Slake immer zum Abendessen aufhob, für die Salzstangen und für die Zuckerwürfel.

Da gab es übrigens noch etwas Verwunderliches. Seit einiger Zeit hatte die Bedienerin immer mehr an seinen Platz gestellt, als er eigentlich bestellt hatte. Vielleicht drei Päckchen Salzstangen zu seiner Suppe, oder ein Stück Sellerie oder eine Karotte oder ein paar Salatblätter zusätzlich zu seinem Sandwich. Vielleicht eine Handvoll Kartoffelchips. Der Salat lag besonders dick auf seinem Sandwich. Manchmal verstand sie ihn anscheinend falsch und gab ihm Rührei mit Schinken anstatt seines Schinkenbrots. Slake dachte darüber nach. Er bestellte schließlich nur, was er immer bestellte, und er bezahlte den richtigen Preis für seine Bestellung. Wenn das Mädchen sich irrte und ihm einen Teller Rührei hinstellte und dann nur für ein Sandwich das Geld verlangte, dann war das doch nicht seine Schuld, oder? Er schaute sie aus den Augenwinkeln an. Sie war klein, stämmig, von unbestimmbarem Alter, sommersprossig, hier und da ein wenig knubblig vielleicht, vielleicht ein bißchen zu rundlich und mit Wurstfingern, und ihr Haar war wirr – und auf ihre ganz eigene Art war sie einfach wunderbar.

Welches Gefühl bewog das Mädchen an der Theke dazu, Nahrung für Slakes hungrigen Magen zu liefern? Mitleid? Zu Slakes Erfahrungen gehörte weder gewährtes noch empfangenes Mitleid, und so hätte er es gar nicht erkannt, wenn es sich darum gehandelt hätte. Aber Slake erkannte in dieser Handlungsweise etwas, das er nur flüchtig, sehr oberflächlich kannte – nicht so sehr etwas Vorhandenes als vielmehr etwas Fehlendes.

Was Slake in seine Taschen sammelte, landete am Spätnachmittag in seinem Vorratslager in seiner Höhle. Er breitete alles, was er gefunden hatte, auf seinem Tisch aus, der aus einem alten Pappkarton entstanden war. Im Laufe der Zeit hatte Slakes Höhle nicht nur neue Funktionen angenommen, sondern auch ihren Schmuck bekommen, denn Slake war jetzt nicht mehr nur Zeitungsverkäufer und ein erfahrener U-Bahn-Reisender, sondern auch ein ausgezeichneter Altmaterialiensammler. Nichts, was so verwendet werden konnte, wie es war, oder was ohne große Mühe in etwas anderes verwandelt werden konnte, entging seiner Aufmerksamkeit, und er trug einen so erstaunlichen Berg von Abfällen, Müll und Schätzen, von nützlichen, irgendwie nützlichen oder möglicherweise nützlichen Dingen zusammen, daß er es sich am Ende sogar leisten konnte, wählerisch zu werden. Er brachte Dinge mit in seine Höhle unter dem Hotel Commodore, zu denen nicht einmal ihm eine mögliche Verwendung einfiel, und so fand er sich bald in der angenehmen Lage, Dinge fortwerfen zu können. Jeden Tag brachte er etwas mit, und jeden Tag nahm er ein Zeitungspapierpäckchen vom eigenen Überfluß wieder mit hinaus und versenkte es mit einem Gefühl des Überflusses in

einen der U-Bahn-Mülleimer. Vielleicht konnte es dort jemand bergen, der bedürftiger war als Slake.
Slake betrieb seine Sammlungen mit einer Einkaufstasche, die einem Abfalleimer entstammte. Dahinein kamen Bindfäden, Draht, Büroklammern, Schnallen, Schuhbänder, Gummibänder und zahllose andere Dinge, die man zusammenbinden konnte und die für die Herstellung von nützlichen oder hübschen Dingen verwendbar sein konnten.
Eine Seite der Höhle wurde zum Vorratslager, und Slake, der niemals zuvor einen Raum besessen hatte, in dem er irgend etwas aufbewahren konnte, der auch noch nie zuvor viel besessen hatte, brachte jetzt einige Stunden täglich damit zu, daß er seinen Besitz ordnete und untersuchte, daß er herauszufinden trachtete, wozu die verschiedenen Dinge einmal gedient haben mochten und was aus ihnen werden konnte, wenn man sie mit etwas anderem verband. Er organisierte, organisierte neu, verwarf und brachte endlich recht ordentliche Haufen von Besitztümern zusammen, die er wie folgt klassifizierte:
Glassachen. Da gab es zerbrochene oder gesprungene Spiegel, Aspirin- und Schnapsflaschen, mehrere Brillengläser, farbige Glasperlen von zerrissenen Halsketten, ein zerbrochenes Trinkglas. Die Spiegel dienten als Spiegel; die Flaschen nahmen die Glasperlen und andere Gegenstände auf, sogar die verwelkte Nelke, die aus dem Knopfloch irgendeines heimkehrenden Lebemannes gefallen sein mochte. Und selbst die Brillengläser erwiesen sich noch als nützlich.
Papiersachen. Da waren geglättete und gestapelte Tüten, Papierservietten aus der Imbißhalle. Vorratszeitungen für das Bett und zum Einwickeln, Zeitschriften, die man lesen und aus denen man Bilder herausreißen konnte, Pappbecher. Pappkartons, die am frühen Morgen von den Geschäften vor die Tür geworfen wurden, dienten Slake als Möbel und als Vorratsbehälter.
Metallsachen. Haarnadeln und Sicherheitsnadeln waren am häufigsten, und Slake bog und drehte sie zu Draht oder zu Haken zurecht. Auch an Schlüsseln fehlte es nicht, und Slake band ein Bund davon zusammen und trug sie an einer Schlaufe seines Gürtels. Da waren Kleiderbügel aus Draht, der Oberteil einer alten

Keksbüchse, Rippen von einem zerbrochenen Regenschirm, eine Schuhschnalle aus Messing, Drahtstücke von Packkisten, eine Anzahl großer Schrauben und Bolzen, die er zwischen den Schienen gefunden hatte. Am wertvollsten war die zerbrochene Klinge eines Taschenmessers, die zu Slakes wichtigstem Werkzeug wurde, wenn es darum ging, Sachen in andere Sachen zu verwandeln.

Kunstsachen. Er verfügte über mindestens zehn Spraydosen, in denen noch Reste von den verschiedensten Farben waren, dazu eine Vielfalt von Filzstiften und Kugelschreibern. Sein kostbarster Besitz war ein Klebstoff, den er selbst gemischt hatte. Er bestand hauptsächlich aus Kaugummi und dem dicken teerähnlichen Fett, das seitwärts unter den Schienen hervordrang. Slakes Leim hielt Gegenstände ganz hervorragend zusammen, und man konnte auch durchlöcherte Gegenstände damit reparieren.

Kleider. Diese Sammlung hatte mit dem Handschuh begonnen, den Slake am ersten Tag gefunden hatte (und den er später mit Haarnadeln an einem Puppenkopf befestigte, so daß eine Handpuppe entstand). Er fand noch viele einzelne Handschuhe, so daß er einen großen Vorrat an nicht zusammenpassenden Handwärmern besaß. Hinzu kamen einige Schals, zerrissene Gürtel und zwei Kopfbedeckungen. Die eine war so eine Art Baskenmütze und paßte Slake recht gut. Eine Zeitlang war auch ein einzelner Schuh da. Aber der störte Slake, weil er immer an den Fuß denken mußte, der da hineingehört haben mußte. Er warf ihn endlich fort.

Alles andere. Dazu gehörten Knöpfe aller Farben und Formen, Ohrringe, Bindfäden, Streichhölzer, Schuhabsätze, Plastikgabeln und -messer, zwei Lippenstifte, drei leere lederne Brieftaschen.

Als Slake eines Tages diese Sammlung durchsah, hörte er im Tunnel Geräusche – Klirren, leises Sprechen, gelegentliche Rufe, dann einen vorüberfahrenden Zug, dann wieder Geräusche. Sie waren nahe. Zu nahe! Der Vogel in Slakes Brust begann, gegen seine Rippen zu picken. Slake erkannte die Geräusche: kling . . . kling . . . tsch . . . Er hatte sie schon gehört. Arbeiter, deren Aufgabe es war, die Strecke sauberzuhalten, fegten Schmutz zusammen, prüften Schrauben und Bolzen. Sie würden ihn finden! Er versuchte, sich selbst mit dem Gedanken zu beruhigen, daß dieses Loch in der Wand schließlich schon seit sehr langer Zeit dort sein mußte. Hatten sie es bisher übersehen, so würden sie es nicht ausgerechnet jetzt finden . . . jedenfalls nicht, wenn er sich nicht rührte, wenn er nicht atmete. Er stand stumm und bewegungslos da. Sie würden das Loch nicht sehen! Doch als die Geräusche näher kamen, nahm Slake ein Stück Karton aus seinem Vorrat und legte es über das Einstiegsloch. Er lehnte sich dagegen und sperrte sich so selbst ein wie eine Muschel in ihrer Schale. Obgleich es in seiner Höhle kühl war, stand ihm der Schweiß auf der Stirn. Wie lange brauchten die Männer, um diese Gleisstrecke zu säubern? Zu lange. Slake fühlte sich ganz schwach, als die Männer vorüber waren. Er ließ sich auf sein Bett fallen und rollte sich so zusammen, daß so wenig wie möglich von ihm der Welt ausgesetzt war.

Das war der Tag, an dem Slake eine zerbrochene Brille fand. Ein Bügel fehlte, und beide Brillengläser waren zersplittert. Als er in seine Höhle zurückkehrte, probierte Slake das Gestell auf. Er betrachtete sich selbst in dem Spiegel, den er auf dem Boden aus seinen zerbrochenen Spiegelscherben zusammengesetzt hatte. Er sah zersplittert aus. Er drückte die zerbrochenen Gläser aus der Fassung, suchte aus seiner Sammlung von Brillengläsern die beiden heraus, die seinen Augen am wohlsten zu tun schienen – sie paßten nicht genau, waren aber besser als gar nichts. Dann ging er daran, sie in seinem Brillengestell zu befestigen. Dazu verwendete er ein wenig von seinem selbstgemachten Leim, den er in die Rillen des Gestells drückte. Dann paßte er das Glas so gut wie möglich in das Gestell ein, verbog zu diesem Zweck hier und da den Draht. Abgesehen von einem Sprung und ein paar Kratzern war ein Brillenglas recht nützlich und paßte ganz gut in das Gestell. Das andere Brillenglas war hellrosa gefärbt, und es fehlte ihm nur ein kleiner Splitter am oberen Rand. Es war ein sehr gutes Glas, und es schien auch Slakes Sicht zu verbessern. Allerdings ragte es ein gutes Stück über das Gestell hinaus, und so befestigte er es mit einem Stück Draht, das künftig alles senkrecht unterteilte, was in sein Blickfeld kam. Wenn damit auch alles ringsum wie zerbrochen wirkte, war die ganze Umwelt doch plötzlich heller und schärfer geworden.

Seine Kunden bemerkten die Brille.
»Mein Gott!« sagte die Putzfrau. »Ich hatte noch gar nicht gemerkt, daß du eine Brille trägst. Eine wirklich ungewöhnliche Brille.« Slake senkte den Kopf.
»Sag mal, mein Junge«, sagte der Mann mit dem Turban, »wie nennst du diese Scheuklappen? Ich habe so etwas noch nie gesehen!« Er betrachtete Slake sehr genau, bückte sich und schaute ihm direkt in die Augen. »Kannst du damit wirklich sehen?«
Slake nickte.
»Dann sind sie gut genug«, sagte der Mann und wandte sich ab.
Gut genug. Slake fragte sich jetzt, was ihm an diesem Mann jemals Angst eingejagt hatte. »Gut genug!« sagte Slake vor sich hin, während er weiterging.
Gut genug, das war gut genug für ihn.

8

Slakes Frühstück bestand aus den Zuckerwürfeln, die er täglich einsteckte, und aus den reichlich mit Ketchup bestrichenen Salzstangen. Dies und seine nachmittägliche Mahlzeit, die zugleich so gestreckt wurde, daß sie auch noch sein Abendessen bestritt, war alles, was er an Nahrung zu sich nahm. Kein Mensch wird behaupten, daß es sich um eine ausgewogene Diät gehandelt hätte. Aber Slake hatte die Segnungen einer ausgewogenen Diät noch niemals genossen. Vitamine, Kohlehydrate, Blutarmut aus Eisenmangel, unzureichende Zufuhr an Kalk und Mineralien – das alles war stets unwichtig gewesen im Vergleich zu der allein wichtigen Frage, wie er die Leere in seiner Körpermitte füllen konnte. Und dann wurde alles plötzlich besser.
Es war während des Hochbetriebs zu Weihnachten. Die stets belebte Untergrundbahn schien jetzt vor Menschen beinahe zu bersten. Der Kaffeestand hatte mehr Kunden als sonst. Slake nahm seine Tagesmahlzeit zu sich, als der Mann, der hier die Verantwortung zu tragen schien, ihn ansprach.
»Ich sehe dich jeden Tag hier.«
Slake wurde von Furcht erfaßt. Wußte der Mann, daß die Bedienerin ihm Extrabissen zusteckte?
»Willst du Arbeit?« Slake blickte auf. »Weißt du was, wenn du willst, dann kommst du nach der Stoßzeit am Morgen her und wäschst den Fußboden für mich auf, und dafür gebe ich dir eine gute Mahlzeit. Wie findest du den Geschäftsvorschlag?« Slake nickte. »Gut«, sagte der Mann und beeilte sich, einen neuen Kunden zu bedienen. »Ich habe einfach so viel zu tun, daß ich nicht alles allein machen kann.«
Slake war in seinen ersten Vertrag eingetreten, ohne ein einziges Wort zu sagen oder seinen Namen auf ein Papier zu schreiben. Jeden Morgen, wenn er seine Zeitungen verkauft hatte, stellte er sich in dem Imbißstand ein, nahm schweigend den Besen und fegte aus. Er fegte wie jemand, der den festen Vorsatz gefaßt hatte, diese

Kunst gründlich zu erlernen und seinen Lebensunterhalt damit zu verdienen. Er fegte jeden Krumen unter jedem Hocker und aus jedem Winkel hervor. Er bückte sich und schob den Besen unter die Thekenkante, klaubte zerknüllte Papierservietten hervor, Strohhalme, Zigarettenkippen, Zündhölzer und allerlei sonstigen Unrat. Und am ersten Tag fand er außerdem vierzig Cents in Kleingeld.

»Was du findest, darfst du behalten«, sagte der Chef. »Du fegst gut, wirklich gut!«

Wann hatte jemand das zuvor zu Slake gesagt? Irgendwann einmal, ja. Er erinnerte sich daran. Rennen! Ja, das war's. Jemand hatte gesagt: »Du rennst wirklich gut!« Und jetzt fegte er also auch wirklich gut. Rennen, fegen, was mochte er sonst noch alles können?

»Was möchtest du essen?« fragte ihn die Kellnerin an seinem ersten Arbeitstag.

Slake sprach bedächtig. Er war verblüfft. Er meinte, allmählich müsse sie seine Bestellung doch wohl kennen. Sie fragte ihn doch sonst nie mehr. »Suppe und ein Schinkenbrot«, sagte er.

Sie stellte die Suppe vor Slake hin, und dann einen Teller dazu mit Würstchen und gedünsteten Tomaten und Pommes frites. Und als Slake dachte, er wäre fertig, brachte sie ihm eine Schüssel Apfelmus mit einer Kugel Vanilleeis darauf. Und als Slake die Wurst zerschnitt, um die Hälfte für sein Abendessen aufzuheben, wie er es gewöhnt war, sagte sie: »Das laß man sein!« und legte ein eingewickeltes belegtes Brot neben ihn.

Slake brauchte sehr lange zu seinem Mittagessen. Er wußte nicht, wann er jemals soviel zum Essen gehabt hatte. Als er endlich von seinem Hocker rutschte, war das Gefühl der Fülle so überwältigend, daß er kaum noch sein Gleichgewicht wahren konnte.

In seiner Tasche steckten das zusätzliche belegte Brot, die Ketchuppäckchen, die Salzstangen, der Zucker. Slake sah den Chef an, rang um ein Wort und fand es. »Danke«, sagte er, und beinahe hätte er auch die Kellnerin angesehen, also war dieses eine Wort für beide zugleich bestimmt.

Am nächsten Tag holte er ein feuchtes Tuch und kämpfte mit ein paar hartnäckigen Flecken auf dem Fußboden. Dieser Fußboden und sein Zustand wurden jetzt Slakes ganz besondere Sorge. Er glaubte sogar, seitdem er sich damit beschäftigte, sei eine unermeßliche Verbesserung damit vor sich gegangen. Der Chef glaubte das offensichtlich ebenfalls. Danach fragte niemand mehr, was Slake gern essen wollte. Das Mittagessen, oft ein Schnitzel oder was sonst gerade das Spezialgericht des Tages sein mochte, wurde einfach vor ihn hingestellt. Und wenn er ging, gab ihm die Kellnerin einen kleinen Beutel, und es stellte sich heraus, daß der jedesmal seine nächsten beiden Mahlzeiten enthielt – Kuchen oder ein Brötchen, ein belegtes Brot, einen Apfel oder eine Orange, eine Packung Milch. Noch nie war Slake so gut versorgt worden.

Da ihn die Mahlzeiten nichts mehr kosteten, sammelte sich in Slakes Taschen ein wenig Geld an, und als einiges davon sogar die Form von Papiergeld annahm, wählte Slake aus seiner Sammlung eine braune Lederbrieftasche mit einer bunten Stickerei darauf aus. Wenn es Slake auch noch immer quälte, daß er immer wieder Geld wechseln mußte, ließ die bloße Tatsache, daß er jetzt diese Brieftasche besaß, diese Notwendigkeit doch gleich viel erträglicher werden. Mit der Zeit wurde sie voll genug, daß er sich ein Sporthemd kaufen konnte, zwei Paar Socken und eine kurze Hose. Das alles erstand er in dem Kleidergeschäft unter den U-Bahn-Arkaden. Und dann fing er an, Geld für neue Turnschuhe zu sparen. Slake fand, daß er jetzt – zusammen mit den Jeans, die ihm die Putzfrau eines Tages mitgebracht hatte – über eine sehr feine Garderobe verfügte.

So war Slake nun also Zeitungsverkäufer, Pfleger einer kleinen, aber aufstrebenden Imbißhalle und ein erfahrener Abfallsammler. Und außerdem pflegte er seine Hobbys. Oberhalb der Erdoberfläche, in den Hotelzimmern zum Beispiel, gab es sicherlich Menschen, die ähnlichen Hobbys frönten und sich deshalb Sammler nannten – Collagen, Montagen, abstrakte Kunst . . .

Aus dem Material, das Slake fand, wenn er die Ecken der Station, den Schotter neben den Schienen, die Sitze in den Wagen und alle Winkel des Bahngeländes durchstöberte, gestaltete er Gegenstände, die ausschließlich der Zierde und dem Schmuck dienten. Slakes Heim, Slakes Höhle, Slakes Hafen war jetzt ausgeschmückt, behängt, gestaltet mit selbstgeschaffenen Ornamenten, die, wenn von den Lampen beleuchtet, den Raum zu einem wahren Festsaal werden ließen. Mobiles mit Drahtfiguren, die an Bindfäden befestigt waren, hingen von der Decke und waren dort mit Slakes eigenem Leim angebracht. Ihr Gleichgewicht wurde ausgeglichen durch Papierstückchen, Knöpfe, Haarnadelfiguren, Glasperlen, Spiegelscherben, die das Licht in ihren unregelmäßigen Formen auffingen und ein Muster an die schattigen Wände warfen.

Während der weihnachtlichen Einkaufssaison bewegten sich die Menschen mit ihren Paketen, als stünden sie auf einem niemals endenden laufenden Band, das nicht aufgehalten werden konnte. Immer rund und rund liefen diese Menschen und diese Pakete, zickzack durcheinander, duckten sich unter Dingen hindurch, stiegen über Dinge hinweg, wichen Dingen aus. Slake gelang es, eine erhebliche Menge von Dingen einzusammeln, die von dieser sich reibenden Menge von Menschen und Paketen abfielen. Er hatte jede Menge von farbenfrohen Paketschleifen, die abgerissen worden waren, von goldenen Bändern, Sternen, roten Schnüren, Kordelschlingen. Um die Weihnachtszeit hatte er so viel davon, daß er seine übliche Mobile-Ausstellung durch eine mehr der Jahreszeit angemessene Ausstellung ersetzen konnte. Und während die Lampen ihr Licht auf diese Feiertagsschöpfungen warfen, genoß Slake sein Weihnachtsfest – das beste, das er jemals erlebt hatte. Die Imbißhalle hatte zwar über die Feiertage geschlossen, doch die Kellnerin hatte so viel für Slake eingepackt, daß er die Zeit leicht überstehen konnte. Er hatte mehrere belegte Brote, zwei Tomaten, Äpfel und ein großes Stück von einem rosinenprallen Christstollen.

Slake ließ es sich gut sein, stellte die Lampen hierhin und dorthin, um das Spiel des Lichtes auf den schwingenden Mobiles zu verändern, die Schöpfungen seiner Hände und seiner Gedanken waren. Sie fingen das Licht auf und sorgten für Slakes Unterhaltung. Sie warfen ihre Schatten und trieben so

ein doppeltes Spiel – einmal deutlich und hell, einmal schattig und verschwommen.
Das war Weihnachten im Untergrund – in diesem Untergrund, von dem Wege in alle Richtungen ausgingen.

Auf einem anderen Gleis

Zu irgendeinem Zeitpunkt begann Willis Joe, seinen Zug so zu fahren, als ritte er auf einem Pferd und hütete eine Schafherde. Diese Wandlung vollzog sich an einem genau bestimmbaren Punkt – auf der Strecke zwischen der 138. und der 149. Straße, wo eine Unregelmäßigkeit in den Gleisen den Zug in eine stoßende Bewegung versetzte, die an ein trabendes Pferd denken ließ. Bei seiner nächsten Fahrt nach Woodlawn machte Willis Joe die gleiche Erfahrung. Er dachte nicht weiter darüber nach, doch am nächsten Tage, als er den Expreßzug fuhr und die lange Entfernung zwischen der 59. und der 125. Straße zurücklegen konnte, stets mit Höchstgeschwindigkeit, die Bremsen so weit wie möglich gelöst, stellte Willis Joe fest, daß er in der Tat das Gefühl genoß, eine Schafherde zu treiben, eine Schafherde auf den weiten, ebenen Flächen Australiens. Sicher, es war nicht genau wie in Australien. Die Luft war dumpf und feucht. Die Tunnels schlossen den Himmel zumeist aus. Aber schon nach einer sehr kurzen Weile war Willis Joe mit diesen Schwierigkeiten fertig. Er trieb seine Schafe eben zum Scheren in einen Stall, oder er fuhr sie über eine weite Strecke zum Markt.
Für Willis Joe bedeuteten rote Lichter einen Weidepferch, grüne Lichter das Signal zum Weitertreiben. Er zog mit den Wollschafen, zügelte sein Pferd, wenn sie im Pferch waren, jagte galoppierend neben der Herde einher, wenn sie weiterzog. Das war gut. Wenigstens für einige Zeit.

9

Fast jeden Tag sah Slake jetzt zwei Menschen oder noch mehr, die er kannte, die ihn erkannten, und die, die ihm nicht weh taten und ihn nicht bedrohten. Tatsächlich schien er ihnen sogar willkommen zu sein. Aber da er nun einmal diesen Kontakt zur Menschheit hergestellt hatte, stellte Slake fest, daß er noch vielen anderen menschlichen Wesen begegnete, die in seine Sphäre für ein paar Minuten eintraten und sie wieder verließen, so daß er sie niemals wiedersah. Was wurde wohl aus ihnen? fragte sich Slake. Wohin gingen sie? Wenn sie erst an der Grand Central Station vorüber waren – verloren sie sich dann in der weiten Welt? Führten ihre Reisen sie so weit, daß ihnen keine Zeit mehr blieb, noch einmal an diesen Punkt zurückzukehren, um noch einmal zwischen den Menschen zu stehen, mit denen sie gemeinsam einige Minuten lang auf einen Zug gewartet hatten? Aber die Putzfrau kam immer wieder, und der Mann mit dem Turban, und einige andere kamen häufig. Und Slake. Slake kam wieder.

Eines Tages näherte sich ihm ein älterer Herr, der säuberlich in nicht zusammenpassende Kleidungsstücke gekleidet war, und der fürchterlich hinkte. Er sprach mit einem sehr gut angezogenen Mann, der ganz in der Nähe der Stelle stand, an der Slake gerade seinen Zeitungsverkauf an die Putzfrau vollendete.

»Entschuldigen Sie, mein Herr«, sagte der ältere Mann zu dem gut angezogenen Herrn. »Kennen Sie einen kahlköpfigen Herrn mit einem Spazierstock, der etwa um diese Zeit morgens an dieser Haltestelle zu sein pflegt?«

Der gut angezogene Herr schüttelte den Kopf und sagte: »Es tut mir leid.«

»Oh, das ist wirklich zu schade«, sagte der ältere Herr. »Ich bin Doktor, müssen Sie wissen, und ich halte morgen abend einen Vortrag mit einer Demonstration. Nun hat dieser Herr mit dem Spazierstock kürzlich, als wir ins Gespräch kamen, einiges Interesse an meiner Arbeit gezeigt, und ich habe mir seinen Namen und seine Anschrift notiert.« Der ältere Herr schüttelte betrübt den Kopf.

»Ich hatte ihm versprochen, ihm Nachricht über den Termin meines Vortrags zu geben, müssen Sie wissen«, fuhr der Doktor fort, »aber jetzt habe ich das Stück Papier verloren, auf dem ich mir die Anschrift notiert hatte. Deshalb hatte ich gehofft, ihm zufällig zu begegnen und ihm persönlich wegen des Vortrags Bescheid geben zu können. Er schien wirklich sehr interessiert zu sein. Ich dachte, ich könnte ihm vielleicht helfen. Zu schade! Wirklich, zu schade!«

Plötzlich fuhr der ältere Herr auf dem Absatz herum, daß er dem wohlgekleideten Herrn jetzt sehr nahe war. »Vielleicht kann ich statt dessen etwas für Sie tun«, sagte er, und ehe der andere Mann noch antworten konnte, hatte der Doktor mit der Hand so fest die Schulter des anderen umkrallt, daß dieser fast das Gleichgewicht verlor.

»Durch die Gnade Gottes und die Kraft meiner rechten Hand erkläre ich, daß Ihr Rheumatismus jetzt diese rechte Schulter verlassen hat!« Er humpelte schnell zur anderen Schulter des Mannes hinüber, packte sie und erklärte: »Durch die Gnade Gottes und die Kraft meiner rechten Hand erkläre ich, daß Ihr Rheumatismus jetzt diese linke Schulter verlassen hat!« Dann legte er die Hand auf den ziemlich rundlichen Bauch des wohlgekleideten Herrn. »Durch die Gnade Gottes und die Kraft meiner rechten Hand befehle ich Ihrem Bruch, sofort zu heilen! Drehen Sie sich um!« Und er versuchte, den Mann um einhundertachtzig Grad zu drehen. Doch jetzt hatte der Patient sein Gleichgewicht und seine Geistesgegenwart wiedergefunden.

»Das ist genug!« sagte er und schob den Doktor entschieden von sich. »Das ist genug!«

»Gott segne Sie!« sagte der Doktor und humpelte schnell der Treppe zu, um niemals wieder gesehen zu werden.

Die Putzfrau und Slake hatten diesem Vorgang wie einer Theateraufführung zugesehen. Da die Vorstellung nun vorüber war, wandte die Putzfrau sich um, verließ das Theater und schickte sich an, den eben einfahrenden Zug zu besteigen. Dabei begegnete ihr Blick dem des wohlgekleideten Herrn.

»Wahrscheinlich war er auf meine Brieftasche aus«, sagte der und tastete seine Jacke ab. »Ich glaube wirklich, er hatte es auf meine Brieftasche abgesehen!«
Slake hätte den Herrn gern gefragt, wie es denn seinem Rheumatismus und seinem Bruch ginge, doch er tat es nicht.
Zur geschäftigsten Zeit des Tages störte es Slake, wenn die Massen an den Umsteigepunkten nur so durch die Doppeltüren der U-Bahn-Wagen quollen. Er beobachtete mit einer Art atemlosen Entsetzens, wie ein Mann darum kämpfte, auf den Füßen zu bleiben und sich einen festen Stand für seine Zehenspitzen zu suchen, ehe sich die Wagentüren schlossen. Der Mann lehnte sich rückwärts gegen die Menschenmasse, während ein Bahnangestellter versuchte, ihn vollends in das Wageninnere zu pressen. Würde man dem Manne erlauben, drinnen zu bleiben, oder würde die gepreßte Menge ihn wieder ausstoßen auf den Bahnsteig? Es war oft eine Auseinandersetzung mit knappem Ausgang, und jedesmal, wenn Slake sie beobachtete, rührte sich etwas in seiner Erinnerung.
Und als ein Mann einmal wirklich stürzte, war die Erinnerung da. Der Mann hatte es geschafft, in den Wagen zu gelangen, fast schon hatte er sich einen festen Platz gesichert, als das gemeinsame Ausatmen der Menge oder ein einstimmiges Räuspern ihn hinaustrieb, und das mit solcher Kraft, daß er auf den Bahnsteig stürzte. Da erinnerte sich Slake!
Der Ozean! Der Bus hatte ihn – ohne daß er selbst sich dafür entschieden hätte – gemeinsam mit vielen anderen Kindern weit fortgefahren, damit er das Meer sehen sollte. Die Fahrt war lang und heiß. Slake war es im Bus übel geworden. Aber als sie erst an der Küste waren, hatten ihn die langen anrollenden Wellen bezaubert. Als er auf sie zuging und den nassen Sand unter den Füßen fühlte, war er wie hypnotisiert. Er ging in den Ozean hinein. Und dann brachen sich die Wellen! Sie brachen mit einer so unerwarteten Macht, daß Slake es nicht begreifen konnte. Wasser war doch weich, hatte er immer gedacht! Und dann rollte schon eine neue Welle heran. Rief jemand nach Slake? Er wandte sich um und fing an zu rennen, doch im Wasser war das nicht leicht. Und dann umklammerten die Arme der großen Welle den

laufenden Slake. Er strauchelte und fiel in das seichte Wasser und lag zitternd da zwischen anderem Strandgut.
Atlantic Avenue um halb drei Uhr nachmittags, und Slake war Zeuge, wie ein ganzer U-Bahn-Wagen von einer Gruppe von Schülern erobert wurde, die sich balgten und stießen, die lachten und rangen, die auf den Sitzlehnen balancierten, endlich die Notbremse zogen und den Zug im Tunnel zu einem jähen Halt brachten. Jetzt hasteten die Jungen an ihre Plätze, kramten Bücher hervor oder starrten unbeteiligt vor sich hin.
Eine Minute später wurde die Tür zwischen zwei Wagen geöffnet, der Zugführer kam. Er ließ den Blick durch diese Studierstube schweifen.
»Irgendwelche Schwierigkeiten, Herr Schaffner?« fragte einer der Schüler.
»Schon gut, Jungs«, sagte der Zugführer, und es klang müde.
Slake hatte bemerkt, daß seit einiger Zeit der Vogel in seiner Brust nicht zu heftig gegen seine Rippen pickte. Doch jetzt tat er es wieder, und sobald der Zugführer gegangen war, stand Slake auf, öffnete schnell die Tür zwischen den beiden Wagen und ging in den Nachbarwagen hinüber.
Es gab gewisse Haltestellen, die Slake zu bestimmten Zeiten zu meiden beschloß. Eine davon war Atlantic Avenue bei Schulschluß.

10

Wenn Slake sich für die Nacht zurückzog, vollführte er jetzt ein neues Ritual, das die Ordnung seines Lebens und die Bequemlichkeit seines Morgens verbesserte. Er legte ein frisches Blatt Zeitungspapier auf den Pappkarton, der ihm als Tisch diente, und er legte sein Frühstück darauf zurecht: Salzstangen, Brötchen, Orange oder Apfel oder was die Kellnerin ihm sonst an Leckerbissen eingepackt hatte. Er stellte eine Büchse Wasser neben dieses Frühstück und bereitete so eine Mahlzeit vor, die man in dem Hotel über ihm ein europäisches Frühstück nennen würde, das obendrein noch im Zimmer serviert wurde.

Schon recht früh im Laufe der Zeit, die Slake in seiner Höhle verbrachte, noch ehe Brötchen und Obst die Nahrung bereichert hatten, erschien ein anderes Geschöpf auf der Szene, das sich ebenfalls für Slakes Frühstück interessierte. Eines Morgens wachte Slake auf und ließ die Augen an den Wänden seiner Behausung entlangschweifen. Er griff nach seiner Brille und schaute, um sich einen Anreiz zum Aufstehen zu geben, zu seinem Frühstück hinüber. Slake blinzelte und schaute noch einmal. Er war absolut dessen sicher, was er vor sich sah. Er sah eine kleine Ratte, die sein Frühstück fraß. Slake erstarrte. In einer Welt aufgewachsen, in der man schon früh die Ratten hassen lernte, verspürte er zunächst den Drang, laut zu schreien und die Ratte dadurch zu verscheuchen. Aber andererseits – würde sie dann nicht herumfahren und ihn angreifen? Wo Slake gewohnt hatte, wußte man, daß Ratten angriffslustige Wesen waren. Also tat er nichts. Er lag still da und sah zu, wie das Tier sein Frühstück verzehrte. Die Ratte schien es schrecklich eilig zu haben. Sie fetzte das Papier von den Salzstangen. Sie fraß, als hätte sie schon sehr lange nichts mehr gehabt. Und Slake fiel auf, daß es sich in der Tat um eine sehr magere Ratte handelte – höchstens halb so groß wie jene, die Slake zu Hause auf den Hinterhöfen gesehen hatte. Es war etwas Mattes, etwas Mitleiderregendes an dieser Ratte, und Slake dachte, daß sie ihn an irgend etwas erinnerte . . . aber woran? Nachdem sie die Salzstangen verzehrt hatte, schnüffelte sie nach etwas anderem. Sie fand ein paar Krumen auf dem Boden, die vielleicht von einer anderen Mahlzeit übriggeblieben waren. Dann kehrte sie um und suchte noch einen Krumen aus dem zerfetzten Papier. Und als wirklich nichts mehr übrig war, drehte sie sich um und strebte dem Eingang zu. Dann kletterte sie hinauf, ohne sich noch ein einziges Mal umzusehen, und verschwand im U-Bahn-Tunnel. Slake rannte zum Einstiegloch, doch er konnte die Ratte nirgends mehr sehen. Dann trank er das Wasser und aß den Inhalt der Ketchuppackungen auf.

Slake beschloß, daß er nicht noch einmal ohne Frühstück bleiben wollte. An diesem Tag durchforschte er die Abfalleimer, doch er konnte nichts Passendes finden. Und dann erinnerte er sich an die halbe Keksschachtel, die er früher schon gefunden hatte. Jetzt lagen verschiedene Drähte und Knöpfe darin. Er ging in seine Höhle zurück und schüttete Drähte und Knöpfe in eine Papiertüte. Dann stülpte er die Blechbüchse verkehrt herum über seine Lebensmittelvorräte auf dem Tisch und legte einen recht ansehnlichen Stein vom Boden seiner Höhle darauf.

Am nächsten Morgen konnte Slake triumphieren! Er hatte es geschafft! Sein Frühstück war unbehelligt geblieben. Keine Ratte hatte sich von einer steinbeschwerten Blechbüchse anlocken lassen. Mit gekreuzten Beinen saß Slake vor seinem Tisch, um ein ungestörtes Frühstück zu beginnen. Aber es sollte nicht sein. Gerade bestrich er die Salzstangen mit Ketchup, als die Ratte am Eingang auftauchte. War die die ganze Zeit dort gewesen und hatte nur gewartet? Slake packte sein Frühstück und steckte sein Gebiet ab. Die Ratte rührte sich nicht. Sie starrte Slake nur an. Okay, dachte Slake, kämpfen wollte sie also wohl nicht mit ihm. Das war auch nur richtig so. Keine Ratte sollte ihn um sein Frühstück bringen. Slake entspannte sich ein wenig. Wenn ihm die Gegenwart der Ratte beim Essen auch nicht angenehm war, interessierte ihn doch die stumme, aufmerksame Wache, die das Tier hielt. Als Slake aufstand und das Papier zusammensammelte, drehte die Ratte sich um und verschwand. Auf dem Bahnsteig zeigte sich an diesem Morgen ein neues Gesicht – das einer sehr alten Frau. Sie tappte behutsam den Bahnsteig entlang. Dabei blieb sie hin und wieder stehen, um mit dem einen oder anderen Wartenden zu sprechen. Als sie endlich die Putzfrau erreichte, erfuhr Slake, um was es sich hier drehte.

»Meine Liebe«, sagte die alte Frau und schwenkte ein verkrumpeltes Blatt Papier vor dem Gesicht der Putzfrau, »haben Sie vielleicht dieses Rezept verloren?«

»Nein, ich nicht, danke. Ich habe überhaupt kein Rezept.«

»Du meine Güte«, sagte die alte Frau, »da hat nun jemand ein Rezept verloren, und vielleicht steht da etwas drauf, was er unbedingt braucht, damit er am Leben bleibt, und ich hab's gefunden. Was soll ich nur machen?« Sie barg das Rezept irgendwo in ihrer Kleidung. »Ich meine, das kann doch Leben oder Tod für irgendeine arme Seele bedeuten.«

Slake wußte etwas von Tod oder Leben, obwohl er selbst nicht wußte, daß er es wußte – und er hatte niemals bedacht, daß vielleicht ein Stück Papier etwas damit zu tun haben könnte.

»Ich habe einen Bruder«, sagte die alte Frau geschwätzig zu der Putzfrau, »der ist fünfundvierzig Jahre lang krank gewesen, und wissen Sie, was ihn am Leben gehalten hat? Ein Rezept! Das ist eben genau das Richtige für ihn. Das läßt ihn weiterleben!«

Die Putzfrau nickte und begann, in ihrer Handtasche zu kramen. Slake merkte, daß sie die Alte nicht beachten wollte. Allmählich kannte er sich mit ihr aus. Die alte Frau bemerkte ebenfalls, was nicht zu übersehen war, und wandte sich nunmehr Slake zu.

»Eine Schwester habe ich, die hat sieben Jahre lang Arthritis gehabt. Wenn die ein Rezept verliert, dann bedeutet das eine Menge Schmerzen für sie. Viele, große Schmerzen. Na ja, vielleicht kann ich es an den Doktor zurückschicken, der es ausgeschrieben hat. Siehst du?« Sie kramte in ihren Kleidern, um das Stück Papier wieder hervorzuholen. »Kannst du entziffern, was draufsteht? Steht ein Name dabei?« Sie hielt Slake eine Ecke des Rezepts entgegen, wollte aber ihr Ende nicht aus der Hand lassen. Auf diese Weise mit der alten Frau verbunden – verbunden durch ein Stück Papier, das vielleicht über Leben oder Tod eines unbekannten Menschen entschied –, fühlte sich Slake seltsam in den Lauf der Welt einbezogen. Das Papier war alt, verknittert und

vergilbt, und was darauf geschrieben stand, war für Slake unleserlich. Er schüttelte den Kopf.
»So«, sagte die Frau und barg es wieder in ihren Kleiderfalten. »Eigentlich bin ich der einzige gesunde Mensch in meiner ganzen Familie, weißt du. Ich habe eine Tante, die ist jetzt dreiundneunzig, ob du's glaubst oder nicht. Dreiundneunzig!« Slake wußte keinen Grund, warum er das nicht glauben sollte. »Fünfunfzwanzig Jahre lang habe ich sie versorgt. Ich war fast noch eine junge Frau, als ich damit angefangen habe. Ich habe gedacht, sie stirbt, aber sie ist all die Jahre lang am Leben geblieben. Das liegt auch an einem Rezept. Millie, dies, Millie, das – so geht es den ganzen Tag. Dreißig Jahre sind eine lange Zeit . . .«
Slake wußte nun schon sehr viel von dieser alten Frau. Millie mußte sie heißen. Sie hatte einen fünfzigjährigen Bruder, der seit vierzig Jahren krank war. Sie hatte eine Schwester, die an Arthritis litt, und trotz dieser kränklichen Familie war ihre eigene Gesundheit durchaus in Ordnung. Sie hatte auch eine alte Tante, die sie seit fünfundzwanzig oder dreißig Jahren versorgte, und nun hatte sie ein Rezept gefunden, und die Verantwortung, die sich daraus ergab, drückte sie schwer. Dies alles wußte Slake über eine alte Frau, die ihm noch vor wenigen Minuten unbekannt gewesen war und die sich jetzt, da der Zug einlief, ohne ein Abschiedswort abwandte. Slake dachte, daß er sie wahrscheinlich niemals wiedersehen würde, und das tat ihm nicht weiter leid. Er war nicht froh darüber, aber es tat ihm auch nicht leid. Diese alte Frau brachte keine guten Gefühle mit sich, doch irgendein Gefühl empfand Slake für sie. Was für eines? Er betrachtete ihren breiten Rücken, bis er in der versiegelten U-Bahn-Kapsel verschlossen war und im Tunnel verschwand.
Die nächste Wiederkehr der Ratte hätte eine Traumwiederholung des letzten Besuches sein können. Sobald Slake zu essen begann, erschien die Ratte wie ein Gespenst im Eingangsloch. Slakes Abneigung gegen Ratten wurde durch die günstige Gelegenheit gemindert, eines dieser Tiere so aus der Nähe studieren zu können. Was er bisher über Ratten wußte, war nur Schlechtes. Aber hier war eine Ratte, von der er selbst sehen konnte, daß sie nicht feindselig war – neidisch vielleicht und gierig, aber nicht

feindselig. Sie hockte im Eingang wie ein Passant, der in das Fenster eines Restaurants schaut. Und dieser Gedanke, so flüchtig er auch sein mochte, veranlaßte Slake dazu, einen kleinen Krumen auf den Boden zu werfen. Die Ratte wartete nur, bis der Krumen gefallen war, dann war sie auch schon auf dem Boden und leckte ihn vom Stein auf.

Warum tränten Slakes Augen? Was rührte ihn an einem schmutzigen, hageren Nagetier, das Krumen vom Steinboden fraß? Slake mußte husten und sich mit der Faust über die Augen fahren. Die Ratte blieb, wo sie war, und senkte suchend die Nase auf den Stein. Slake nahm wieder einen Bissen und beobachtete die Ratte, die ihn jetzt direkt ansah. Und wieder – obwohl er es nicht geplant hatte – warf Slake ihr einen kleinen Bissen zu. Die Ratte verschlang ihn in kürzerer Zeit, als er gebraucht hatte, zu Boden zu fallen.

Und so teilte Slake den Rest seines Frühstücks mit der Ratte. Und als jeder den letzten Bissen bewältigt hatte, stand Slake plötzlich von seinem Tisch auf, und die Ratte schreckte zusammen und fuhr zum Höhlenloch hinaus, als würde sie verfolgt.

Wann hatte sich irgendwer oder irgendwas jemals vor Slake gefürchtet? Niemals!

Auf einem anderen Gleis

Der Gedanke, er triebe eine Herde, wurde für Willis Joe so selbstverständlich, daß es gar nicht lange dauerte, bis Menschen für ihn wie Schafe aussahen. Vielleicht war es die hypnotische Wirkung der Gleise, die unter den Zug schlüpften, was sich sicherlich von den grünen Weiten Australiens unterschied, die bewirkte, daß zwar nicht alle Gedanken sein Hirn verließen, daß er ihnen jedoch freies Umherschweifen erlaubte. Aber da war noch mehr. Willis Joe vergaß niemals, was seine Großmutter ihm einst erzählt hatte, und wenn er einen Expreßzug fuhr, der durch die Stationen hindurchsauste, dann fingen die Menschen für ihn an, wie Schafe auszusehen, weil ihre Seelen von der Geschwindigkeit verwischt waren. Nach einer Weile wurde es einfach zu einer Gewohnheit, daß er an Menschen wie an Schafe dachte.

Es gab Schafe aller Arten – alte Rammler und klapprige Mutterschafe und kräftige Wollschafe und frisch geschorene Lämmer. Manchmal beobachtete er eine Herde, die sich in die Wagen zwängte, und er fragte sich, welcher der vielen wohl der Leithammel sein mochte – das Schaf, das die Herde in Bewegung setzte, zum Stehen brachte oder umkehren ließ. Was Willis Joe jedoch nicht wußte und noch eine ganze Weile nicht wissen wollte, war, daß dann, wenn die Menschen wirklich Schafe wären, er selbst nicht der Hirt, sondern der Leithammel für sie war.

Als es dann geschah, war es ein sehr wichtiger Punkt im Leben Willis Joes, doch es war auch ein entscheidender Punkt im Leben des Aremis Slake.

11

Slake kümmerte sich nicht mehr um Tag und Stunde. Obgleich die Zeitungen täglich auch diese Neuigkeit verkündeten, war sie für Slakes Welt auf der anderen Seite der Steine ohne alle Wichtigkeit. Immerhin wußte er, daß tiefer Winter war, denn die Leute trugen nasse Stiefel, an denen noch der Schnee hing, und selbst in seiner warmen Jacke fühlte er die Kälte. Und dann – eines Tages – gab es Eis.

»Ein richtiger Eissturm«, sagte ein Mann. »Vor dem Hotel Commodore wäre ich beinahe ausgerutscht und hätte mir den Hals gebrochen.«

»Dann hätten Sie die aber auf Schadenersatz verklagen können«, beruhigte ihn ein anderer Mann.

Slake war gerade beim Geldwechseln, als an jenem Morgen auf dem Bahnsteig alle Lichter erloschen. Es war eine fast völlige Schwärze, und anfangs war es gänzlich unmöglich, etwas zu sehen.

»Was ist los?«

»Warum haben sie . . .«

»Was . . .«

Fragen im Dunkel.

»Bleiben Sie still stehen!« befahl eine Stimme. »Bleiben Sie ganz still stehen! Das Licht wird bald wieder dasein, und wenn Sie sich jetzt bewegen, dann können Sie fallen, Sie können jemand vom Bahnsteig stoßen oder vielleicht selbst gestoßen werden.«

Daraufhin schrie jemand auf.

»Stehen Sie nur einfach still!«

Slake hatte manchen dunklen Ort kennengelernt, doch noch nie hatte er etwas so Schwarzes erlebt.

»Wahrscheinlich wieder mal einer von diesen Stromausfällen.« Die Stimme war gleich neben Slake, und er wußte, daß es die Putzfrau war. »Trotzdem bin ich aufgeregt. Komm, nimm meine Hand!« sagte sie. »Dann bewahren wir einander vor der Angst.

Das heißt, du hast ja vielleicht keine, aber ich hab' sie ganz bestimmt.«
Eines der wenigen Dinge im Leben, die Slake keine Furcht einjagen konnten, war die Finsternis. Er war daran gewöhnt, sich durch seine verschwommene Welt zu tasten, und jetzt lebte er schon lange in einer Höhle in einem Tunnel. Die Dunkelheit richtete einen Schild zwischen ihm und der Wahrheit auf. Er fühlte sich in ihr verhältnismäßig sicher. Aber er ließ die Frau seine Hand ergreifen.
Wann hatte Slake zuletzt die Hand eines anderen Menschen gehalten? Er wußte es nicht. Nicht jedenfalls, solange er zurückdenken konnte. Hatte er jemals Josephs Hand gehalten? Er glaubte es nicht.
»Die Evolution scheint uns bis an diese Stelle geführt zu haben«, sagte jemand lachend. Slake wußte, daß es die Stimme des Mannes mit dem Turban war. »Ungefähr zehn Meter unter der Erdoberfläche sind wir jetzt – Erdwürmer. Blind. Vielleicht hat die Evolution ihre Richtung geändert.« Der Mann lachte wieder. »Devolution!« sagte er. »Hahaha! De-volution!«
Und das Licht war wieder da und beleuchtete ein Bild, das an ein Spiel erinnerte, das Slake manchmal gesehen hatte, wenn kleine Kinder es auf dem Spielplatz spielten: Statuen! Jeder war an seinem Platz erstarrt; Slake – erstarrt mit seiner Hand in der Hand der Putzfrau.
Und dann, als wäre auch ein Schalter gedreht worden, der die Bewegung der Körper befehligte, löste sich die Erstarrung. Slake zog seine Hand zurück und zählte weiter sein Wechselgeld, und alle drängten auf den Zug zu.
Der Stromausfall hatte Slakes Verkäufe verzögert, und er wartete auf dem Bahnsteig noch einige weitere Züge ab. Gerade wollte er die Treppe hinaufsteigen, um zu seiner morgendlichen Arbeit in der Imbißstube zu gehen, als er schnell laufende Füße hörte und ein Geschrei: »Er hat meine Geldbörse gestohlen! Haltet ihn!«
»Aber doch nicht ich!« schrie Slake innerlich auf.
Die Treppe herunter gejagt kam ein Junge in Slakes Alter. Er duckte sich unter zugreifenden Armen hindurch, wich Leibern aus, die seinen Weg verstellten. »Haltet ihn!«

Manche Leute auf dem Bahnsteig faßten das als einen Befehl auf, wenn die meisten die Aufforderung auch einfach ignorierten, und es kam zu einer Verfolgungsjagd über den Bahnsteig. Der Junge ließ die Geldbörse fallen, und während seine Verfolger stehen blieben, um sie aufzuheben, ließ er sich über die Bahnsteigkante hinunter, wie Slake es getan hatte, und verschwand im Tunnel, ehe die Meute ihn erreichte.

Ein Bahnpolizist erschien, sprang auf die Gleise hinunter und drang vorsichtig in den Tunnel vor.

»Er wird ihn niemals fangen«, sagte sich Slake. Der Junge hatte eine Technik gezeigt, die bewies, daß er dies nicht zum erstenmal getan hatte. Aber wohin lief er nun? Zur nächsten Station? Und würde dort nicht jemand auf ihn warten, um ihn zu fangen? Würde er durch irgendeinen Feuerausstieg entkommen? Oder würde er sich, genau wie Slake, irgendwo im Tunnel verbergen? Gab es dort dann vielleicht noch andere Zufluchtsorte – andere Höhlen? Slake wußte es nicht.

In jener Nacht hatte Slake zwei furchterregende Träume, und sie kehrten auch in anderen Nächten wieder. In dem einen Traum schlief er in seiner Höhle, als ein anderer Junge durch den Einstieg geklettert kam und ihn dort fand. Sie kämpften um die Höhle, und Slake erwachte mit einem Schrei und wußte nicht, wer gewonnen hatte.

In dem anderen Traum kam Slake am späten Nachmittag zu seiner Höhle zurück und sah, daß die Ratte davor wartete. Keiner von beiden konnte den Eingang finden. War er verschlossen worden? Wenn Slake aus solchen Träumen aufschreckte, dröhnte ihm sein Herzschlag in den Ohren, und der Vogel nagte an seinen Rippen. Er verspürte keinen Appetit auf sein Frühstück und überließ es ganz der Ratte.

Die Sonntage machten sich durch einen veränderten Rhythmus bemerkbar. In den frühen Morgenstunden, die sonst am belebtesten waren, blieb die Station still. Slake lag in einem wohligen Luxusgefühl im Bett, wie er es noch nie im Leben erlebt hatte. Er nahm behaglich sein Frühstück ein und teilte es mit der Ratte. Er zog sogar einige Befriedigung aus der unleugbaren Tatsache, daß sich das Aussehen der Ratte gebessert hatte. Die Sonntage waren jetzt auch ohne die ihnen anhaftende Furcht, daß Morgen wieder Schule bedeutete und einen neuen Tag voller Quälereien durch die Klassengefährten und die Lehrer. Sein Magen knurrte nicht, und der Vogel in seiner Brust schwieg. Die Sonntage benutzte Slake im allgemeinen für die Erforschung abgelegener Bezirke, und er traf dabei oft eine recht ausgefallene Wahl, die nicht in sein übliches Schema paßte. Er fuhr einfach dorthin, wohin ihn ein Wunsch gerade trieb. Vielleicht setzte er es sich in den Kopf, die Gleise der Fernzüge zu beobachten, die bei Queens abzweigten und wahrscheinlich nach Jamaica führten – an den äußersten Rand der Welt. Er konnte wählen, was er wollte. Das war Freiheit.

Die übliche Morgenstille der U-Bahn-Station wurde eines Sonntags durch Singen und Schreien gestört – eine Mischung aus hellem und heiserem Lärm. Slake schlüpfte in seine fadenscheinigen Turnschuhe und streckte den Kopf aus seiner Höhle. Irgendwo tropfte Wasser . . . tropf, tropf, und bildete auf dem Gleisbett ganz in der Nähe von Slakes Heim eine Pfütze. Er glitt in den Tunnel und ging zum Bahnsteig. Den Körper sorgsam unter die Bahnsteigkante geduckt, hob er den Kopf hoch genug, daß er sehen konnte, was da vor sich ging. Durch das Flickwerk seiner Brille sah er aus diesem Winkel so etwas wie ein Mosaikbild, ein buntes Kaleidoskop. Bewegliche Abstraktionen. Er richtete seine Brillengläser auf die Lärmquelle. Es war eine Gruppe junger Männer, Frauen und Kinder in Jeans und Schals und warmen Mützen. Alle trugen Plakate. Das Singen und das lebhafte Gespräch gingen unvermindert weiter. Die Leute mußten länger warten als für gewöhnlich, weil der Fahrplan am Sonntag anders war als sonst, und so amüsierten sie sich inzwischen, und Slake hatte reichlich Zeit, sie ausgiebig zu betrachten. Ein Junge warf die Mütze in die Luft, und sie landete ganz in Slakes Nähe. Lachend lief der Junge den Bahnsteig entlang seiner Mütze nach, und er schwang dabei sein Transparent, auf dem zu lesen war:

RETTET DIE EAST SIDE!

Als der Zug einlief, entstand ein heftiges Gedränge auf die Türen zu. Das Licht vom Zug füllte die Pfütze zu Slakes Füßen mit

Monden, da Slake sich jetzt tief unter die Bahnsteigkante duckte, weit genug dem Zug aus dem Wege. Das Gleisbett wurde zu einem erleuchteten Nachthimmel.

Die Plakatträger waren jetzt eingestiegen und verschwunden. Rette die East Side, wovor – dachte Slake. Aber die East Side interessierte ihn gar nicht so sehr wie die enorme Begeisterung der Leute, die jene Plakate getragen hatten. Bisher hatte Slake nicht gewußt, daß es ihm an einem Ziel fehlte, an einer guten Sache, für die er sich einsetzen konnte. Nichts von alledem, was Slake kannte, wollte er gern vor irgendwas oder irgendwem so retten, wie diese Leute anscheinend gern die East Side retten wollten.

Slake kehrte in seine Höhle zurück, bereitete sein Frühstück und teilte es mit der Ratte, die keinen Sonntag kannte. Dann setzte er sich zu seiner Sammlung von Kunstgegenständen und wählte mehrere Büchsen mit Sprayfarben und große Filzschreiber aus. Die waren in den Abfalleimern der U-Bahnhöfe und auf den Gleisbetten an den Bahnsteigkanten so zahlreich, daß er jetzt eine volle Farbenpalette besaß, wenn die Büchsen auch fast leer waren. Einige Farbe hatte er darauf verwendet, seine Mobiles zu färben und auch einige andere seiner Werke. Er hatte auch seinen Eßtisch in einer lebhaften Mischung aus Blau und Weiß geschmückt. Jetzt nahm er eine Büchse, schüttelte sie und zielte auf eine der zeitungspapierbedeckten Wände. Dann sprühte er in roter Farbe das Wort

RETTET

Ja, rettet. Aber was? Slakes Fantasie trug ihn nicht sehr weit. Er nahm eine andere Büchse und sprühte in Stahlblau:

AREMIS SLAKE

Slake setzte sich und betrachtete sein Werk. Er gewann irgendein Gefühl daraus. Gut . . . aber darüber hinaus konnte er das Gefühl nicht identifizieren. Die Tätigkeit, diese Worte zu schreiben, hatte ihm Freude bereitet.

Jetzt nahm Slake einige andere Büchsen und begann, auch die anderen Wände ziemlich wahllos zu besprühen. Er schuf einige Farbquadrate. Vielleicht waren es Häuser. Er fügte Dächer darauf.

Er sprühte einen braunen Baum. Und jetzt legte er über die Häuser eine große Fläche als Himmel. Der war grün.
Manch einer mochte vielleicht mit Slake streiten und sagen, ein Himmel sei nicht grün . . . oder doch nur, wenn Licht und Wolken auf diese oder jene Weise zusammenträfen. Vielleicht war der Himmel selten grün, aber für Slake war er es nun immer. Für den Rest seiner Tage im Untergrund war dies sein Himmel. Slake hatte vorher nicht viel Zeit in seinem Leben damit zugebracht, den Himmel zu betrachten. Die meiste Zeit hatte er auf seine Füße geschaut, um sicher zu sein, daß er nicht einfach in die Luft trat, oder er hatte über die Schulter geschaut, um sich zu vergewissern, daß er nicht verfolgt wurde. Jetzt aber brachte Slake eine erhebliche Zeit damit zu, den Himmel zu betrachten, und der war grün.

Auf einem anderen Gleis

An der Endstation steuerte Willis Joe fünfundzwanzig Cents zu einer Lottowette bei, an der sich die Männer gemeinsam beteiligten. Dann kaufte er einem Automaten eine Cola ab. Er warf einen flüchtigen Blick auf die Schlagzeilen der Zeitung, die auf einer Bank ausgebreitet lag. Er schlug die Zeit tot. Warum?
Als der Winter sich in die Länge zog und der März kam, hatte Willis Joe sich unerklärlich bedrückt gefühlt. Er hatte genug davon, blökende Schafe im Winter zu hüten. Bis zum Hals standen sie ihm. Diese Tausende von Schafen erfüllten ihn jetzt mit Widerwillen. Er ging morgens nicht mehr gern zur Arbeit, aber – mehr noch – er zögerte bei Feierabend auch den Zeitpunkt hinaus, da er zu Frau und Kindern zurückkehrte. Tatsächlich sahen in letzter Zeit auch sie wie diese Wesen in der Untergrundbahn aus – wie Schafe. Er stritt jetzt häufig mit seiner Frau, und er schrie Wilma und Joe an. Er fing an, den Zug zornig zu fahren, die Bremse mit einer harten Bewegung zu handhaben, die Geschwindigkeit zu steigern und abschüssige Strecken schneller zu fahren, als er eigentlich sollte. Es war ein unablässiges Treiben und Treiben.
Wenn er nun nicht mehr länger an der Endhaltestelle herumlungern konnte und zum Essen nach Hause mußte, nahm er die U-Bahn, wurde selbst zum Passagier, fuhr bis zur 36. Straße und ging dann an endlosen Häuserblocks entlang, bis er daheim war. Willis Joe stand am Rande . . . ganz scharf am Rande.
Wie groß sind die Aussichten, daß zwei bestimmte Gegenstände im Weltall einander begegnen?

12

Der Unfall mußte geschehen sein, als Slake am Nachmittag zu einem ausgedehnten Ausflug nach Brooklyn unterwegs gewesen und mit dem Expreß über West Side zum unteren Bahnsteig zurückgekommen war. Sobald er die Grand Central Station erreichte, spürte er, daß etwas nicht in Ordnung war. Dieser untere Bahnsteig war für gewöhnlich um diese Tageszeit nicht so belebt. Die Leute waren laut und sprachen miteinander, anstatt stumm oder unruhig nur jeder für sich auf einen Zug zu warten. Die Treppe war überfüllt.

Slake drängte sich die Treppe hinauf, immer dicht an das blaugelbe Geländer gedrückt. Doch als er versuchte, den Bahnsteig zu erreichen, über den er zu seiner Höhle gelangen konnte, stellte er fest, daß dort Polizisten waren, die den Weg gerade mit Barrikaden verstellten. Was war geschehen? Der Vogel in Slakes Brust schrie diese angstvolle Frage – denn was immer es auch sein mochte: Feuer, Einbruch, Stromausfall – es schnitt Slake jedenfalls von seinem Heim ab –, und dieses Wissen war ganz unabhängig davon, was im Tunnel geschehen sein mochte. Der einzige Mensch, der in Slakes Leben stets deutlich im Mittelpunkt stand, war Slake; andere Menschen konnten für ihn nur vorüberhuschende Schatten sein. Sie waren Kräfte, nicht Menschen. Und so schrie der Vogel, doch er schrie an Slakes Stelle.

Eine Stimme gab über den Lautsprecher Anweisungen. »Die Vorortstrecken sind infolge eines Unfalls im Tunnel vorübergehend außer Betrieb. Bitte wählen Sie Ausweichstrecken zu Ihren Bestimmungsorten!«

»Der Beton in diesem Tunnel war schon seit Jahren brüchig«, sagte ein Bahnpolizist, als er an Slake vorüberging.

Ein Wächter antwortete: »Ja, da gibt es ein paar Löcher, die sind groß genug, daß man mit einem Zug durchfahren könnte.«

Löcher! Sie hatten seine Höhle gefunden! Der Vogel pickte so heftig in Slakes Rippen, daß der meinte, er müsse laut aufschreien.

»Aber ich bin bis jetzt immer mit diesem einen Zug gefahren. Wie soll ich denn jetzt von hier aus nach Hause kommen?« klagte eine Frau. Slake hätte es ihr sagen können. Er war ein führender Fachmann für die Frage geworden, wie man von einem bestimmten Punkt aus einen anderen erreichte. Das war sein hauptsächliches organisiertes Wissen. Doch er erbot sich nicht zur Auskunft, und so wurde sein Talent weder an diesem noch an sonst einem Tage von den zahllosen Menschen genutzt, die einen Ausweg durch irgendeinen anderen unterirdischen Gang suchten, da ihr üblicher Weg blockiert war. Slake hätte ihnen allen sagen können, wie sie am besten nach Hause gekommen wären – nur für sich selbst wußte er die Antwort nicht. Jetzt sah er, daß Arbeiter die Stufen zum Gleisbett hinunterstiegen. Was hatten sie vor?

Und wieder der Lautsprecher: »Die Vorortstrecken sind vorübergehend durch heruntergestürzte Betonteile versperrt. Bitte suchen Sie Ausweichstrecken zu Ihren Zielorten. Es wird angenommen, daß die Strecke mehrere Stunden gesperrt bleibt!«

Immer mehr Leute kamen mit immer neuen Zügen an, und alle U-Bahn-Angestellten waren damit beschäftigt, sie neu einzuweisen. Slake ging zur Rolltreppe. Es war ihm gleichgültig, wohin er ging. Er wollte nur die Zeit herumbringen, bis er wieder in seine Höhle konnte.

»Nach Hause gehen!« Diese Worte hatten für Slake jetzt eine Bedeutung erlangt wie nie zuvor. Einen Raum für ihn allein. Mein Zimmer, dachte Slake jetzt. In mein Zimmer gehen. Und so sicher wie jeder Forscher, der als erster seinen Fuß auf einen bestimmten Punkt gesetzt hat – auf den Nordpol, auf den Mond –, war Slake zumindest einer der wenigen, ja der einzige Siedler in diesem dunklen Kontinent der unterirdischen Gänge, und er hatte – wenn ihm danach zumute war – durchaus das Recht, diesen Kontinent als sein Eigentum zu bezeichnen. Slakes Heim, Slakes Höhle, Slakes Lebensraum – Slakes Vorhölle.

Als Slake am Abend wiederkam, war der Bahnsteig noch immer abgesperrt, und er ging zum oberen Bahnsteig hinauf, um zu sehen, was er von dort aus erblicken konnte. Unten stand ein Zug bereit. Am ersten Wagen waren einige zerbrochene Fenster zu erkennen. Das Wagendach wirkte eingedrückt. Wie ein zerschundener Boxer sah der Wagen aus. Arbeiter waren im Tunnel; Slake konnte es deutlich erkennen. Arbeiteten sie in der Nähe seiner Höhle? Es bestand keine Aussicht, unbemerkt an ihnen vorbeizukommen. Nicht die geringste Chance.

Slake kehrte um und richtete sich darauf ein, die ganze Nacht hindurch mit der U-Bahn zu fahren, gemeinsam mit den kleinen alten Damen in langen Mänteln, die nachts in den Wagen schliefen und alle ihre weltliche Habe in Einkaufstaschen mit sich trugen. Wieviel glücklicher als sie war doch Slake mit seinem eigenen Raum. Aber die Angst um dieses Zuhause fuhr mit Slake von der West Side bis zur East Side und wieder zurück, bis nach Brooklyn hinaus und wieder zur Grand Central Station. Er blieb niemals lange in einem Zug, weil er fürchtete, die Bahnpolizisten, die bei Nacht die Züge kontrollierten, könnten ihn entdecken. Deshalb schlief er auch nicht richtig, sondern legte nur ein paar kurze Nickerchen ein, aus denen er immer wieder bald aufschreckte, um den Zug zu wechseln. Aber seine innere Uhr funktionierte gut, und der frühe Morgen sah ihn bei seiner üblichen Arbeit. Er sammelte Zeitungen ein und faltete sie säuberlich zusammen.

»Da ist ja meine Zeitung!« sagte die Putzfrau erfreut, als Slake auf sie zuging. »Und wie geht es dir heute morgen?« Sie war daran gewöhnt, daß sie von Slake ohne Antwort blieb. Doch als sie ihn ansah, während sie ihm das Kleingeld in die Hand zählte, sagte sie: »Du siehst aber nicht ganz echt aus, weißt du. Du bist doch nicht etwa krank?« Slake schüttelte den Kopf. »Du bist blaß. Ihr Kinder kriegt einfach nicht genug Ruhe, weißt du. Ich kenne mich aus. Ich habe auch einen Sohn, das weißt du ja.« Slake wußte es. Die Frau fuhr fort: »Hör' auf meinen Rat und laß es ein bißchen langsamer angehen. Immer ruhig leben. Ruhig leben und früh zu Bett gehen, verstehst du?« Slake nickte, und sie nahm ihre Zeitung.

Als Slake in der Imbißhalle nach dem Besen griff, waren Begeisterung und Schwung, die ihn sonst beflügelten, nicht so recht bei ihm. Wenn etwas am Boden festklebte, hatte Slake keine Neigung, es mühsam zu lösen. Er fegte nicht wie der Herr des Besens, sondern wie eine Verlängerung des Besenstiels.

Als er sich zum Essen setzte, sagte die Kellnerin: »Du siehst aber mächtig mitgenommen aus«, und sie stellte ihm zur Eröffnung ein

Glas Orangensaft hin. »Nimm das! Im Fernsehen habe ich mal einen Doktor gehört, der hat gesagt, das bringt schnell verbrauchte Energien zurück.« Slake fand das Gefühl in seiner Kehle angenehm. Er hatte an diesem Morgen nicht gefrühstückt, und Mund und Kehle waren trocken und heiß.

Die Kellnerin und der Chef unterhielten sich und bezogen Slake in ihren Gesprächskreis ein.

»Hast du von dem Unfall gestern abend auf der Vorstadtstrecke gehört?« Slake nickte. »Verwunderlich ist daran eigentlich bloß, daß es nicht schon viel früher passiert ist. Seit Jahren haben sie da bloß immer wieder geflickt und die Flicken geflickt. Die Arbeiter kommen doch hier rein und erzählen. Ich weiß Bescheid. Die Sprengungen in der ganzen Umgebung, wo die großen Häuser gebaut werden, tun auch nicht gerade gut. Ein Glück, daß es nicht schlimmer gekommen ist! Diesmal können sie noch von einem Unfall reden, aber beim nächstenmal werden die Leute es schon einen bodenlosen Leichtsinn nennen, weißt du. Jetzt müssen sie den Tunnel ausbessern, ob sie wollen oder nicht.«

Slake erstickte fast. »Sie werden ihn reparieren?«

»Darauf kannst du wetten, mein Junge!«

»Wann?«

»Wann? Wenn die Stadtverwaltung mit dem ganzen Papierkrieg fertig ist, den sie braucht, damit ein paar Arbeiter hier unten rangehen können.«

»Wie bald?«

»Weiß nicht. In der Zeitung steht etwas darüber, aber ich hab's noch nicht ganz gelesen.«

Die Kellnerin sah Slake jetzt aufmerksam an. Bisher hatte sie noch nie erlebt, daß er sich so sehr für irgend etwas interessierte.

»Warum?« fragte sie Slake, als sie ihm sein Mittagessen servierte. »Warum willst du wissen, wann sie den Tunnel reparieren?«

Warum mußte sie fragen? Slake ließ den Kopf hängen, als die Kellnerin einen kleinen Beutel mit Lebensmitteln neben seinen Teller stellte. Er aß sehr wenig, schob den Teller von sich, nahm den Beutel und ging hinaus.

»Paß gut auf dich auf!« rief ihm die Kellnerin nach.

13

Slake paßte gut auf. Er ging die Treppe zum Vorstadtbahnsteig hinunter und begegnete keinem Hindernis. Die Polizisten waren fort, die Sperren waren zur Seite geschoben. Der normale Verkehrsfluß hatte wieder eingesetzt. Ein Zug stand in der Station, und Slake wartete, bis er abgefahren war. Dann kroch er über die Bahnsteigkante und lief zu seinem Loch in der Wand. Sobald er in seiner Höhle war, zündete er eine der Lampen an und versuchte, den richtigen Zeitungsbericht zu finden. Die erste Seite berichtete von einem Flugzeugabsturz, über zwei Morde in der Altstadt, über einen Krieg in einem Lande, dessen Namen Slake noch nie gehört hatte, von einem Eisbären, der im Zoo gestorben war. Doch am unteren Rand der Seite verkündete ein zweispaltiger Artikel die böse Nachricht:

**16 Verletzte in der U-Bahn
durch herabfallende Betonteile.**

Der Artikel berichtete, ein Zug habe gerade den Vorortbahnsteig in der Grand Central Station verlassen gehabt, als er von Betonteilen getroffen worden sei, die sich aus der Tunnelwand gelöst hätten. Der erste Wagen sei beschädigt, und mehrere Passagiere, auch der Zugführer, seien durch Glassplitter und durch den plötzlichen Aufprall verletzt worden. Todesopfer seien nicht zu beklagen. Sprecher der Verkehrsbehörde hätten inzwischen bestätigt, daß alle losen Betonteile beseitigt worden seien, so daß jetzt keine unmittelbare Gefahr mehr bestünde. Sobald es möglich sei, die Züge umzuleiten, solle der Tunnel geschlossen und alle Wände sorgfältig nach Rissen untersucht werden. Es werde dann eine gründliche Reparatur vorgenommen. Der Tunnel sei schon seit langem zur Renovierung vorgesehen gewesen, doch hätten unvermeidliche Unbequemlichkeiten für das Publikum immer wieder eine Verschiebung nahegelegt. (Jetzt wurde der Bericht auf Seite

16 fortgesetzt, und Slake blätterte um, bis er gefunden hatte, wo es weiterging.) Da war ein Foto des beschädigten Zuges, genauso, wie Slake ihn gestern abend gesehen hatte. Es war ein seltsames Gefühl, daß er etwas ganz Bestimmtes selbst gesehen hatte, ehe es in der Zeitung erschien – wie bei einem Traum oder einer Prophezeiung.

Sonst wurden in dem Bericht noch die Namen der Verletzten genannt, die ins Krankenhaus gebracht worden waren, und der Zugführer Mr. Carmine Alvirez schilderte den ganzen Vorfall aus seiner Sicht. Mr. Alvirez sagte, früher oder später hätte es soweit kommen müssen, und es sei eben Schicksal, daß es jetzt gerade ihm passiert sei. Er machte keinem Menschen Vorwürfe. Er dankte nur Gott, daß es nicht zu einer wahren Katastrophe mit Todesopfern gekommen sei.

Der Bericht schloß mit der Nachricht, Bekanntmachungen über Umleitungsstrecken würden in den nächsten Tagen veröffentlicht, und die Ausbesserungsarbeiten würden sodann aufgenommen.

Slake las sein Todesurteil. Seine Kenntnisse vom Bauwesen beschränkten sich fast ausschließlich auf das genaue Gegenteil – auf den Abbruch. Große gelbe Kräne schwangen schwere Eisenkugeln und schlugen sie gegen morsches Gemäuer. Es war kein fairer Kampf. Aber selbst bei seiner geringen Erfahrung wußte Slake, was das alles für ihn bedeutete. Wäre er als U-Bahn-Architekt und Ingenieur ausgebildet gewesen, so hätte er nicht sicherer sein können. Bald würden Maschinen und Menschen sich auf den Gleisen voranarbeiten, Meter um Meter, bis sie Slakes Eingangsloch erreichten – und dann würde Slakes Tür zugemauert, genau wie alle anderen Risse und Öffnungen und Spalten irgendwo in den alten Tunnelwänden.

Der Vogel in Slakes Brust schrie auf!

Anfangs blieb Slake in seiner Höhle. Er blieb aus Angst und einem Gefühl der Bedrückung, das sich bis zum reinen Elend steigerte. Zusammengekauert saß er an der Rückwand des Hotels Commodore, das bald wieder über einen unbenutzten Raum verfügen würde. Oder über ein Grab?

Am Ende des zweiten Tages hatte Slake seit dreißig Stunden nichts mehr gegessen. Seine Müdigkeit von der langen nächtlichen Reise, zusammen mit dem Nahrungsmangel, gaben ihm ein Gefühl der Schwäche. Gegen Mitternacht wurde seine Krankheit, die bisher nur aus Furcht bestanden hatte, durch Fieber und Schüttelfröste verstärkt. Er fror und wickelte sich in zahllose Lagen Zeitungspapier. Dann wurde ihm heiß, und er riß sie wieder von sich. Er war leer, doch er verspürte keinen Hunger. Er war durstig, doch er suchte nicht die Büchsen hervor und holte kein Wasser. Er wollte sein Heim nicht verlassen. Sonst verschloß man es vielleicht, während er fort war.

Er fiel in leichten, kurzen Schlummer, in dem er keine Ruhe fand. Er lag auf einem leeren Grundstück. Wo? Er lag auf den Knien und grub mit den Händen ein Loch in den Boden, riß Erdbrocken los, kratzte den Boden mit den Nägeln auf. Und in diesem Loch begrub Slake einen Pullover. Einen Pullover mit blauen und grauen Dreiecken.

Slake saß in einem Stuhl, der unaufhörlich gedreht wurde. Ein Mann mit einem Turban drehte ihn. Immer rund und rund und rund drehte sich Slake. Er wäre gern abgestiegen, doch der Mann ließ es nicht zu. Die Kellnerin vom Imbißstand sagte: »Lassen Sie ihn doch runter! Lassen Sie ihn doch!« Sie bot ihm ein Glas Orangensaft an. Slake streckte die Hand nach dem Glas aus, konnte es aber nicht erreichen.

Slake war auf der Straße. War das sein alter Wohnblock? Wind wehte. Er wehte durch Slakes Hemd hindurch, und der Wind war kalt. Die Sonne kam hervor, und Slake riß sich das Hemd vom Leib.

In Slakes Träumen schnappten und fauchten Schlangen, Krokodile. Sumpf umgab ihn kalt und klamm, dann brodelnd und kochend. Der Sumpf stieg, schlug über ihm zusammen, oder er fiel hinein, kroch wieder heraus, unaufhörlich, tagelang, nächtelang, solange seine Krankheit währte.

Der Vogel in seiner Brust klagte herzzerreißend in jenen Tagen. Slake wußte nicht, wann er schlief oder wachte. Manchmal meinte er zu schlafen, und er war doch wach; und manchmal glaubte er wach zu sein, wenn er schlief. Er wußte nicht, wie viele Tage vergingen. Er wußte nicht, daß die Ratte täglich kam. Am ersten Tag fraß sie gründlich vom Inhalt des Papierbeutels, den Slake heimgebracht und auf den Fußboden gestellt hatte. Danach kam die Ratte und wartete und ging wieder . . . jeden Tag.

Und dann – als er wieder einmal wach war – hörte Slake im Tunnel unvertraute Geräusche. Es war ein Hämmern. In den letzten Tagen hatte er die Ursache der Krankheit vergessen, die ihn niedergezwungen hatte. Aber jetzt ließen die Geräusche im Tunnel Slakes Verstand hellwach werden. **Sie kamen!** Die Brechstangen, die Maurerkellen, die Betonmischer kamen!

Slake richtete sich von dem Papierbett auf, das die ganzen Tage über sein Lager gewesen war. Er tastete nach dem Stück Pappkarton, das über dem Eingangsloch lag, wie er wußte. Und dann nahm Slake einen Filzstift und schrieb langsam und bedächtig vier große rote Buchstaben auf den Karton.

Wenn er sich aus seiner Höhle hinauslehnte, konnte er die Umrisse dessen erkennen, was er für ein Reparaturfahrzeug hielt, das noch in der Station stand, die runden Augen schon erleuchtet. Er betrachtete die Schienen und die Stromschiene – ein Krokodil und eine Schlange, die vor seiner Höhle lauerten. Und Slake ging nun zu ihnen. Er wälzte sich über den Rand seines Unterschlupfes in den Tunnel hinaus.

Auf einem anderen Gleis

Willis Joe hatte seinen Zug am Bahnsteig der Vorortzüge in der Grand Central Station angehalten. Es sollte die letzte Fahrt auf dieser Strecke vor Beginn der Reparaturarbeiten sein. Das weiße Licht hatte ihm signalisiert, daß alle Türen geschlossen waren, und er wollte gerade anfahren, als die Tür seines Führerhäuschens aufsprang. Der Riegel hatte ihn schon den ganzen Tag geärgert, und diesmal schwor er sich fluchend, daß er diesen Riegel jetzt so richten wollte, daß er ein für allemal seinen Dienst ordentlich versah. Er nahm den Bremshebel ab, benützte ihn als Hammer und versetzte dem Riegel ein paar heftige Schläge. Als er die Tür dann probierte, war der Schaden zwar gebessert, aber noch nicht vollends behoben, und so führte er noch ein paar zusätzliche leichte Schläge mit dem Bremshebel aus. Gut so. Jetzt konnte er also wieder an diese niemals endende Arbeit gehen, diese Blökschafe zum Markt zu treiben. Er prüfte Luft und Druck, löste die Bremse, setzte den Zug in Bewegung. Jetzt wollte er die verlorene Zeit einholen. Und dann sah er . . . einen Irrläufer auf dem Gleisbett vor dem Zug. Nun ja, man verlor immer mal das eine oder das andere Schaf . . . Aber dann sah er auch das handgemalte Schild. Darauf stand

STOP,

und in dieser einen Sekunde begriff Willis Joe, daß er der Leithammel war, dem alle gehorchten, und er hielt den Zug an.

14

Zehn Sekunden später stand Willis Joe draußen zwischen den Schienen und hob den zusammengebrochenen Slake auf. Das Pappschild war umgefallen und lag auf einer Schiene. Willis Joe stand zwischen den Schienen und hielt Slake im Arm, wie er einmal seinen neugeborenen Sohn und seine Tochter gehalten hatte, und er starrte Slake an, der aschgrau in seinen Armen hing. Und Willis Joe fing an zu weinen.
Menschen kamen nach vorn gelaufen, um zu sehen, was sich zugetragen hatte, und mit ihrer Hilfe legte Willis Joe den schlaffen Slake auf den Boden des Wagens, während er wieder in seinen Triebwagen kletterte. Dann nahm er Slake wieder auf und trug ihn auf seinen eigenen Armen durch die ganze Länge des Zehn-Wagen-Zuges. Ein Bahnpolizist war in den Zug gestiegen. Er saß im letzten Wagen, und Willis Joe übergab ihm seine Last.
»Darüber brauchen wir einen ganz genauen Bericht«, sagte der Polizist. »Melden Sie sich bei uns, wenn Sie Ihre Fahrt hinter sich haben.«
Jetzt ging Willis Joe durch den ganzen Zug zu seinem Triebwagen zurück und schaute den Menschen in die Gesichter, die seinen Gang durch den Zug beobachtet hatten. Und er konnte jetzt genau sehen, daß sie durchaus nicht verschwommen waren und daß jeder von ihnen ein Mensch für sich war, genau wie er selbst, und er glaubte sogar, deutlich sehen zu können, daß jeder von ihnen eine Seele habe.
Jetzt fuhr er seinen Zug sehr vorsichtig, als sei er zu einer Mission ausgesandt, und er, der Zugführer, habe einer Berufung zu folgen. Hinter ihm saßen Hunderte von Menschen, die sich auf ihn verließen und darauf, daß er sie sicher heimbrachte von ihrer Arbeit oder von ihrem Zuhause an ihren Arbeitsplatz, die sich darauf verließen, daß er ihre Kinder sicher durch die Kellergewölbe der großen Stadt fuhr. Und noch etwas anderes fiel Willis Joe ein und war sehr bedeutsam für ihn. Er dachte daran, daß er in ein

paar Stunden heimgehen konnte zu seiner Frau und seinen Kindern.
Im Krankenwagen schlug Slake die Augen auf. Eine Maske hatte man ihm über Mund und Nase gestülpt. Es waren auch Stimmen da, doch sie gaben nur ein Summen von sich und waren ihm nicht wichtig. Er wußte nicht, und es kümmerte ihn auch nicht, wo er war. Er fühlte keinerlei Panik. Neben ihm war ein Fenster, und wenn er die Augen offen hielt, konnte er durch dieses Fenster Häuser sehen, die sich vom Himmel abhoben. Der Himmel war blau, nicht grün, und das kam ihm sehr bemerkenswert vor. Slake glitt in etwas zurück, das wie Schlaf war.
Willis Joe machte seine Meldung und sprach mit dem Bahnpolizisten.
»Wird er angezeigt?« fragte er.
Der Beamte sah Willis Joe sehr aufmerksam an, während er sprach. »Das glaube ich nicht«, sagte er und versuchte dabei, in Willis Joes Kopf hineinzuschauen. »Das Kind hatte eine Lungenentzündung oder so etwas. Der Junge kann ja kaum atmen. Und einen Schock hatte er auch. Ich habe den Eindruck, der Junge ist wirklich krank und wußte gar nicht, was er tat, als er auf die Gleise gelaufen ist.«
»Ja, so hat's meiner Meinung nach ausgesehen«, bestätigte Willis Joe.
Nachdem Willis Joe seinen Bericht erstattet hatte, ging er in das Krankenhaus Bellevue und erkundigte sich, ob er Slake besuchen dürfe. Das durfte er nicht. Der Junge liege unter einem Sauerstoffzelt, sagte man ihm, und bisher wisse man noch nicht einmal seinen Namen. Aber Willis Joe ging hinaus und kaufte eine Postkarte und brachte sie wieder ins Krankenhaus und ließ sie in der Pförtnerloge zurück. Adressiert war die Karte an den »Jungen in der U-Bahn«, und sie erreichte Slake ein paar Tage später, als er sich besser fühlte. Es war eine große Karte, und es war ein Blumenstrauß so darauf geprägt, daß man die Blumen fühlen konnte. Drinnen waren ganz komische Buchstaben, und die ergaben die Worte »Ich denke an dich«, und unterschrieben war dieser Satz »Willis Joe Whinny« in Willis Joes eigener Handschrift.

Als Slake zum erstenmal in seinem ganzen Leben Post bekam, erstaunte ihn viel mehr die Tatsache, daß er die Karte überhaupt bekam, als der Umstand, daß er den Absender nicht kannte. Er wußte nicht, wer Willis Joe Whinny war. Die Welt war voller Menschen, die er nicht kannte, doch das war für ihn nicht wichtig. Wichtig war nur die erstaunliche Tatsache, daß ein Mensch an Slake dachte.

15

Die Bequemlichkeiten der Tage im Krankenhaus – die richtige Matratze, die warmen Mahlzeiten, die ihm im Bett serviert wurden, die unglaubliche Wärme – glichen weitgehend die Unannehmlichkeiten in Slakes Kopf und Brust aus, die Schwäche und den Mangel an Bewegungsfreiheit.
In diesen Tagen dachte Slake oft an sein Heim im Untergrund, und er empfand eine Art Schmerz, wenn er sich die fröhliche, lampenbeschienene Welt seiner Mobiles vorstellte, die ihre Schatten an die Wände in Slakes eigenem Raum warfen, während Züge und Leben draußen vorüberbrausten. Aber im Laufe der Tage lernte er, so zu fühlen wie die Menschen in seiner Nachbarschaft, die meistens sagten, ihre Wohnungen seien abgebrannt, oder ihr Hausbesitzer habe sie vor die Tür gesetzt und ihre Habe behalten, und sie hätten »alles verloren«. Daß sie »alles« zu verlieren hatten, hatte ihnen immer Slakes Sympathie eingetragen. Jetzt hatte er selbst einen Verlust erlitten – sein Heim, seinen weltlichen Besitz. Er, Slake!
Wenn er vor dem Einschlafen im Bett lag, stellte er sich vage vor, man sei gerade jetzt dabei, das Einstiegsloch zu seiner Höhle zu schließen, es für immer zu verschließen wie ein ägyptisches Grab, das er aus den Schulbüchern kannte – sie versiegelten das Grab des Aremis Slake mit all seiner Habe und seinen Mundvorräten, damit seine Seele Nahrung habe. Aber war denn die Seele des Aremis Slake in diesem Grab geblieben? Slake glaubte es nicht. Er war dem Grab entwichen. Das Leben dauert ewig, dachte Slake, als er an jenem Abend über der Erde einschlief.
Der Vogel in Slakes Brust, der in letzter Zeit ganz ruhig geatmet hatte, wurde ein wenig aufgeregt durch den Besuch eines Sozialarbeiters, der sich – jung und eifrig – nach Slakes Familienverhältnissen und seinem Heim erkundigte. Familienverhältnisse? Keine. Heim? Keines. Slake schüttelte unbestimmt den Kopf. Aber irgendwo müsse er doch wohnen! Bei einem Freund? Slake

schüttelte wieder den Kopf und verwirrte damit den jungen Mann, der doch nur helfen wollte.
»Mach dir keine Sorgen, wir kümmern uns um dich. Du bleibst hier, bis du wieder gesund bist, und dann werden wir sehen, in was für ein Jugendheim wir dich stecken können, bis wir deine Familie ausfindig gemacht haben. Ruh' dich nur aus und werde wieder gesund. Ich komme wieder. Möchtest du irgend etwas haben?«
»Meine Kleider«, sagte Slake. »Meine Brille.«
Der Fürsorger sprach mit der Stationsschwester, und einige Tage darauf wurden Slakes Kleider, die irgendwie verschwunden zu sein schienen, durch andere ersetzt, die ihm sehr gut paßten, und nach einer Augenuntersuchung bekam er auch eine Brille. Außerdem wurde Slake ein versiegelter brauner Umschlag ausgehändigt, der seine Brieftasche enthielt, seine Schlüssel und das Kleingeld, das sich in seinen Taschen gefunden hatte.
»Vielleicht möchtest du dir etwas vom Imbißwagen kaufen«, sagte die Stationsschwester.
Aber den Gedanken an ein Jugendheim mochte Slake ganz und gar nicht. Der Gedanke flößte ihm Furcht ein. Trotzdem war jetzt alles so mühelos und angenehm, daß er beinahe wünschte, die Krankheit könnte noch ein wenig länger dauern. Beinahe . . . aber Slake hatte den blauen Himmel gesehen, und zum erstenmal seit jenem Novembertag, an dem er am Columbus-Kreisel in den Untergrund gegangen war, verspürte er den starken Wunsch, diese Bläue wiederzusehen . . . sie zu fühlen, von ihr umgeben zu sein.
Slake dachte darüber nach, und schließlich faßte er seine Pläne.
Der Vogel beruhigte sich. Er wurde sogar so still, daß Slake einmal in der Nacht träumte, der Vogel sei gestorben, und er wußte nicht, ob es schrecklicher wäre, einen toten oder einen lebenden Vogel in sich zu tragen. Er schlief unruhig, doch gegen Morgen regte der Vogel in Slakes Brust wieder die Flügel. Slake reckte und streckte sich und öffnete sich mit großer Mühe, und der Vogel war frei und flog hinaus. Slake spürte, wie er davonflog. Plötzlich wachte er auf, gespannt, aufmerksam . . . doch es war schon zu spät, er sah den Vogel nicht mehr davonfliegen. War er auf den Gang hinausgeflogen und war jetzt zwar nicht mehr in Slakes Brust, wohl aber in diesem Krankenhaus gefangen? Wie behandelte man

ihn wohl, wenn man ihn fand? Slakes Hals war trocken und schmerzte, doch seine Brust und sein Leib waren frei vom ängstlichen Flügelschlag des gefangenen Vogels.

Wer erinnert sich an den ersten Tag, an dem er das Tageslicht gesehen hat? Mancher vielleicht, aber ganz besonders einer: Aremis Slake. Slake war jetzt bereit, geboren zu werden.

An dem Tag, an dem Slake sich wohl und stark genug fühlte, entließ er sich selbst aus dem Krankenhaus und wartete nicht erst ab, bis der freundliche Sozialarbeiter ein Jugendheim für ihn gefunden hätte. Er stand vor dem großen Haus und trank die Luft in tiefen Zügen. Sie schmeckte schon nach Frühling, doch war auch noch ein Nachgeschmack des Winters darin. Slakes erster Eindruck von sich selbst war, daß er größer geworden sein mußte. Er hatte nichts, woran er es messen konnte. Er konnte noch nicht einmal sagen, daß er aus seinen Kleidern herausgewachsen wäre, denn es waren ja nicht seine alten Kleider. Und doch, ja, er war bestimmt größer geworden. Oder vielleicht lag es auch an dem Winkel, aus dem er jetzt die Dinge betrachtete – vielleicht lag es daran, daß er jetzt nicht nur auf den Boden schaute, sondern geradeaus und voraus und sogar aufwärts? Denn es war einfach verblüffend, was die neue Brille aus der Welt machte. Fernen, die nie zuvor existiert hatten, wurden jetzt klar und deutlich in die Nähe gerückt. Und als Slake die Augen zu den Häusern und zum blauen Himmel hob, sah er einen Vogel, der auf dem Dachfirst eines Hauses saß. Auf welchem Haus? Dem Krankenhaus! Und was war das für ein Vogel? Sein Vogel? Es war doch immerhin möglich. War er wirklich entkommen? Er blieb nur einen Augenblick noch sitzen, dann flatterte er auf. Der Vogel hatte zu lange in Slake gehaust; jetzt waren sie voneinander befreit.

Du siehst jetzt wirklich gut, sagte Slake sich selbst. Rennen, fegen, sehen . . . was sonst noch?

Man könnte von Slake sagen, er habe sein ganzes Leben unter den Steinen verbracht. Jetzt wurde ihm zum erstenmal deutlich bewußt, daß er auf ihnen einherging, nicht darunter. Und doch wollte er nicht auf diesen Straßen bleiben. Der Instinkt führte ihn zum nächsten U-Bahn-Schacht, doch als er ihn erreichte und schon anfing, die Treppe hinunterzugehen, blieb er stehen, drehte sich um und schaute wieder zum Himmel hinauf. Wie glücklich war der Vogel Slake entflohen, befreit in den Himmel entlassen! Slake senkte den Blick ein wenig. Wenn es für ihn schon nicht den Himmel gab, wie stand es dann mit der alltäglichen Wirklichkeit der Dächer? Was Dächer anbetraf, war Slake nicht unerfahren. Er wußte, daß es dort ungebrauchte Wassertanks gab, alte Aufzugkabinen, unbesetzte Taubenschläge. Von dort aus konnte er jeden Tag den Himmel sehen – blau, vielleicht auch grau, wenn es denn sein mußte.

Aber was wurde dann aus der Putzfrau, aus dem Mann mit dem Turban, aus der Kellnerin, aus seiner Arbeit, aus der Ratte? Die Ratte war nun ausgemauert, genau wie Slake. Das wußte er. Die anderen . . . Er würde sie irgendwann wiedersehen. Bald schon, vielleicht, aber nicht jetzt. Jetzt gab es etwas, das Slake unbedingt tun mußte.

Er wandte sich um und ging die Treppe hinauf und verließ den Untergrund. Slake wußte noch nicht genau, wohin er ging, doch die allgemeine Richtung war aufwärts.

Weitere Bücher zum Thema
Nationalsozialismus und Zweiter Weltkrieg
in den Ravensburger Taschenbüchern

Winfried Bruckner u. a.
Damals war ich 14
13 Autoren, die das Leben unter dem Hakenkreuz erlebt haben, berichten vom Alltag jener Zeit
Band 741

Winfried Bruckner
Die toten Engel
Das Schicksal jüdischer Kinder während des Zweiten Weltkriegs im Warschauer Getto
Band 361

Josef Carl Grund
Flakhelfer Briel
1944 glaubt der 16jährige Gustav noch an den »Endsieg« – doch dann wird aus dem vermeintlichen Abenteuer Ernst
Band 271

Judith Kerr
Als Hitler das rosa Kaninchen stahl
Die neunjährige Anna muß mit ihren Eltern und dem Bruder aus Deutschland emigrieren . . .
Band 600

Judith Kerr
Warten bis der Frieden kommt
Als jüdische Emigranten im vom Bombenkrieg heimgesuchten London
Band 753

Wolf Klaußner
Jüppa und der Zigeuner
Geschichte einer Freundschaft zwischen einem deutschen Jungen und einem Zigeunerjungen während der Kriegs- und Nachkriegszeit
Band 825

Klaus Kordon
Diktatur
Wie war es, als . . .
Augenzeugen berichten
Was wäre, wenn . . .
Kann es wieder geschehen?
Band 841

Gudrun Pausewang
Auf einem langen Weg
Auf der Flucht am Ende des Krieges verlieren zwei Jungen ihre Mutter – allein schlagen sie sich weiter durch
Band 768

Hans-Georg Noack
Die Webers – eine deutsche Familie 1932–1945
Der Vater, ein alter Sozialdemokrat, ist gegen Hitler. Sein ältester Sohn macht mit bei den Nazis. Die Fronten gehen mitten durch die Familie
Band 591